ちくま文庫

包帯クラブ

天童荒太

筑摩書房

目次

17	16	15	14	13	12	11	10
爽風	救出	雨雲	青空	再々会	匂い	儀式	共振
215	202	190	174	154	143	121	106

包帯クラブ

わたしのなかから、いろいろ大切なものが失われている。

いつごろか、それに気づいた。

たとえば悪魔《あくま》のようなやつが現れて、これとこれを持っていく、と宣言していったのなら、記憶《きおく》に残るし、少しは抵抗《ていこう》できたかもしれない。

でも、気がついたときにはもう、敵にはとても思えない人とか、目に見えない何かによって、大切なものを持ち去られていた。

いまもまた、持っていかれようとしている。

わたしだけじゃない。ほかの人たちも、きっと大事に握《にぎ》っていなきゃいけないものを、少しずつ、毎日のように失っている。そして、失ってしまった人たちは、知らず知らずのうちに、今度は持ち去ってゆく側に回っている。

わたしと、わたしの仲間はそれに気づいて、戦うことにした……いや、違う。大切なものを守ろうとして、懸命《けんめい》に戦っているつもりでいると、いつのまにか、別の大切な部分が失われている。苦い経験から、それを学んだ。

これは、戦わないかたちで、自分たちの大切なものを守ることにした、世界の片隅《かたすみ》の、ある小さなクラブの記録であり、途中《とちゅう》報告書だ。

1 傷口

この報告を、どこから始めたらいいんだろう。少し迷う。

わたしが生まれたときだろうか、両親が離婚《りこん》したところからか。

それとも、生まれる前の、近くの町や村と合併《がっぺい》して、この町が発展しはじめた頃《ころ》……もっと前の、町の三分の一が焼《や》き払《はら》われた頃までさかのぼったほうが、はっきりするだろうか。

でも、もっと前からいたんだ。

みんなから大切なものを持ち去ってゆく何ものかは。

わたしたちがそれに気づくのは、クラブが生まれたあと、さらにしばらくしてのことだから、やはりクラブが生まれるきっかけになった時点から、始めるのがいいんだろう。

わたしはまだ十六歳《さい》で、高二になって一カ月が過ぎた、晴れた木曜日の午後だった。

当時は確かに子どもだったけど、大切なものの本質は、自分の内側にすべて存在していたし、あのとき守っておかなかったら、取り返しがつかないものも多かったと、いまだから言える。

わたしはワラと呼ばれていた。

小学校までは父の姓、中学から母の姓《せい》に変わり、また変わるかもしれないから、笑美子《えみこ》って名前の、笑うって字から取られたあだ名だ。

「彼女《かのじょ》ぉ。彼女って。包帯がほどけてんで」

いきなり背後から声をかけられた場所は、病院の屋上だった。

病気だったわけじゃない。いや、ちょっとは病気だったかもしれない。でも、病院で治せるものじゃなかった。その話はまたあとでする。とにかく、五時限目の地理の授業のあと、わたしは高いところから、この町を見てみたくなった。

学校の屋上は鍵《かぎ》が掛《か》けられ、町に二つあるデパートの屋上は、ひとつが夏のビアガーデンのときにだけ開き、もうひとつは行きたくない思い出がある。

北の開発地には、高いビルがいくつもあるけど、わたしの学校からは遠い。なので、授業をさぼった足で、すぐに昇《のぼ》れて、あまり人が来ない高い場所が、中央地区にある六階建ての総合病院の屋上しか思いつかなかった。

「彼女ぉ、そこの包帯ほどけてる女子高生。パンツのひもも、ほどけて動かれへんのかな」

柵《さく》にもたれ、行きたくないデパートの屋上にある観覧車をぼんやり見ていたわたしは、声がしたほうを振《ふ》り返《かえ》り、相手をにらみつけた。

どんなエロおやじかと思ったら、パジャマ姿の少年が、コンクリ敷きの屋上の中央付近に置かれたベンチに腰掛《こしか》けていた。

年齢《ねんれい》はわたしと同じくらい。やせて、顔色は青白く、そのわりに濃《こ》い眉《まゆ》の下の目に力がみなぎっている。髪《かみ》は耳の上で切りそろえられ、確かテクノ系とかいう旧世紀の髪形をしていた。加えて、パジャマのあちらこちらに、本や雑誌から切《き》り抜《ぬ》いたらしい、アフリカ系とかアラブ系とかアジア系の子どもたちの顔写真が貼《は》られており、かなり怪《あや》しい雰囲気《ふんいき》を感じさせる相手だった。

「手ぇや、手の包帯。ひらひら泳いどるで。まるできみの涙《なみだ》の川や……なんてな」

指さされて、わたしは自分の左手を見た。制服の袖口《そでぐち》から、白い包帯がほつれ

たように垂れている。あわてて右手で巻き上げはじめると、

「リストカットしたんか。痛かったやろぉ。あれ痛そうやもんな。痛いよなぁ。ああ痛い」

彼は自分の両肩を抱いて、身をぶるっとふるわせ、つらそうに顔をゆがめるが、からかっているようにしか聞こえない。妙《みょう》な関西弁もいらついた。

無視して包帯を巻こうとする。左利《ひだりき》きだから、うまく巻けない。

「なあ、栗鼠《りす》のカァ君も、リスカって呼ばれるかな。リスボン生まれのカールさんや、リストラされた加藤さんは」

「うるさい。リスカじゃない」

とうとう我慢《がまん》できずに答えてしまった。

「嘘《うそ》つかんでもええよ。責めも、止めもせんし。もう癖《くせ》になって快感なん？」

「晩ご飯作ってて、じっと待ってるバカ弟に手伝うよう怒《おこ》ってたら、ついまな板に置いた包丁のところに手をついて切っただけ。なのにみんなリスカ、リスカって、マジむかつく。何も考えずに言いたいこと言って」

気持ちが荒《あ》れ、いっそう包帯が巻けない。

「へえ……そら悪かったな。みんなって、学校で言われたんやろ。なんや、結局おれもチャラい連中と同類のままかぁ」

相手の声が急に沈《しず》む。「いろいろ試したあげく、やっぱ何も考えてへん連中と変わらんやなんて、最低や。よっしゃ、おわびに死ぬか」

「……何を言ってんの」

彼のほうへ目を移した一瞬《いっしゅん》、巻き直そうとほどいた包帯が、晴《は》れ渡《わた》った空から吹《ふ》き下《お》ろしてきた風にさらわれ、手からすり抜けた。

屋上は高い金網《かなあみ》に囲まれ、金網の先端《せんたん》は内側に曲げられて、人が越《こ》えられない造りになっている。けれど包帯は風に乗り、白い蛇《へび》のように波打ちながら軽々と金網を越えていった。

青い空を背景に、舞《ま》い上《あ》がるように飛ぶ包帯が、不思議にきれいだった。

「へえ……きれいやんか」

想《おも》っていたことを、まんま相手に口にされて驚《おどろ》いた。

風がやんだのか、包帯は急に力を失い、ビルの谷間へ落ちてゆく。

「包帯、新しいの、もろてきてやろうか」

彼がベンチから立った。意外に背が高い。

「いい、まだ持ってるから」

と答えて、逃《に》げ出《だ》す準備のため、床《ゆか》に置いていた鞄《かばん》を手にした。

「おれ、いでのたつや。親友からは、ディノって呼ばれてた。きみも何かの縁《えん》や、特別にそう呼んでええで。なんかイタリアの貴族っぽいやろ、ディノッチェリとか。で、きみの名前は」

勢いに乗せられ、危《あや》うく告げそうになった。開いた口を、あわてて閉じる。

「なんや、教えてくれんのか。まあええわ。けど、キスはさせてもらうで」

なんだ、こいつ。マジでおかしい。聞こえなかったふりをしていると、

「きみ、なかなか愛嬌《あいきよう》のある顔やし、生涯最後のキスの相手としては、ぎりぎりセーフやもんな」

愛嬌のある顔だぁ……ぎりぎりセーフだぁ……。つい黙《だま》っていられず、

「うるさいよ、変態。ちょっともう放っといてよ」

「あれ、怒った？　もしかして、おれ、振られたんか。うわっ、ぎりセーフにも振られるようでは、やっぱ、死ぬしかないなぁ」

こいつ、本当に普通《ふつう》じゃない。早々に引き上げたほうがいいと思い、彼の後ろを通り、出口へ向かった。だが、相手が何も言ってこず、こっちを振り返る気配もないのが、急に気になって、

「あの……さっき言ったことさ、まさか本気じゃないよね」

足を止め、相手の横顔に言った。

ディノと名乗った少年が、こちらを振り向き、

「え、なんのこと？　もしかして、死ぬことやったら、バリ本気やで。いまから金網を越えて、さっきのきみの包帯を追うつもりや」

「やめてよ、何ばか言ってんのよ」

「死は、ばかやないで。神聖なる休息、怯懦《きょうだ》な逃避《とうひ》、霊《れい》の転生、そしてエロス」

はあ？　とてもつきあっていられない。でも、もし本気だったら……なんだかわたしのせいでもあるみたいだし、

「死ぬのは、そりゃ個人の勝手だけどさ、少なくともこのあとすぐ死ぬのはやめてよね」

「なんでや。なんで死ぬのが個人の勝手なんや。飛び降りた下に、歩いとる人が

おるかもしれんし、大勢を巻き込む大事故になる可能性やってある。死体を片づける人も必要やし、病院やってイメージが悪うなる。家族だけやのうて、周りの連中の心にも、なんらかの負担をかけるはずやで」

「なによ……自分が死ぬって言ったんでしょ」

「そうや。けどきみ、なんで死ぬんが個人の勝手か、とことん突《つ》きつめて考えたうえで、口にしたんか。他人が使うてる言葉を、勢いで発しただけやろ。自分でしっかり考えるのがしんどいから、個人の勝手やって、投げ出したみたいに言うただけとちゃうんか」

わたしは言葉につまった。納得《なっとく》したわけじゃ全然ないけど、それでもすぐに言い返せない自分がくやしかった。すると相手は、なぜか急に寂《さび》しそうに笑い、

「へへ、心配して言うてくれたのかもしれんのに、悪かったかな……。けど、きみの怪我《けが》をリスカと間違《まちが》えたし、おれ自身、きみの学校の連中と同じようなことしか言えんかった事実と、きみに振られたことで、けっこう傷ついてる。つまり、この場所には血が流れてるんや。その痛みに、いまのおれは耐《た》えていくのがしんどうなってる。そんなことばかりつづいてきたから……」

彼の言葉には、妙に沈痛《ちんつう》な響《ひび》きがあった。からだを見回してみたが、何もない。場所が血を流している実体だって、もちろんない。でも、意味はわからないけど、わからないなり、

「だったら、まず血を止めればいいんじゃないの」

と、思いつきを口にした。

彼の憂鬱《ゆううつ》そうな表情が、わたしの言葉をかみ砕《くだ》くくらいの時間を置いて、次第に眉のあいだが開き、明るいものに変わっていった。

「そうか、そらええな……なら、包帯くれる？　まだ持ってるって言うたやろ」

彼が歩み寄ってくる。何をされるか怖《こわ》くて、あわてて鞄から包帯を出し、彼に差し出した。

ディノと名乗った相手は、思いがけないほどすがすがしい笑みを浮《う》かべ、

「おおきに。きみのいまの、わりとおもろい考えやで」

と、包帯を受け取り、自分が掛けていたベンチのところへ戻《もど》った。

彼は、包帯を伸《の》ばし、ベンチの背もたれに二重に巻いてから、歯で裂《さ》け目《め》を入れて切った。包帯の端《はし》と端を蝶結《ちょうむす》びにする。すると、まるでベンチに手当てがさ

れたみたいに見えた。

　ディノは次に、わたしがさっき立っていた場所へ進み、金網のフェンスに包帯を差し入れ、三十センチくらい伸ばして、金網に差し戻し、輪を作る形で、端と端を結んだ。

　何もなかった空間なのに、包帯が巻かれたことにより、さっきまで赤い血を流していて、いままさに、きれいに手当てがされたように見える。

「これでええ、血が止まった」

　ディノが振り返って、ほほえんだ。

　見とれていたわたしも、思わず笑みを返した。確かに風景が変わったのだ。

　でも、なんだか危《あぶ》ない世界に引《ひ》き込《こ》まれそうで、とっさに目をそらし、早足で出口へ向かった。ドアを開けたとき、

「また来てやー。内科のベッドを、あっためて待ってるでー」

　と、青い空に突き抜けるような、からりと乾《かわ》いた声が響いた。

2 巣穴

わたしが暮らしているのは、関東のはずれで、県内三番目に大きい市だ。名前を久遠《くおん》という。もとは久遠町だったが、近くの町や村と合併して、市になった。

渋谷《しぶや》や原宿へは電車を乗《の》り継《つ》いで二時間半、武道館のコンサートへ出かけたときは、アンコールまで聞いたら、速攻《そっこう》で走らないと、終電に間に合わない場所だ。

神話の頃から開けていた場所らしく、スサノオノミコトの子孫が、大昔からここで暮していた蛮族《ばんぞく》（て呼んでいいのかな？ ちょっと疑問）を退治して開拓《かいたく》した土地として、いまも春に神楽舞《かぐらま》いを中心とした祭がおこなわれる。

昭和（て呼ばれる時代があったんだよね）の初期には、空気がきれいなことで精密機器の工場が数棟《すうとう》できた。戦時中（て第二次大戦のほうね）に、軍需《ぐんじゅ》工場と変わり、主に兵器が造られ、そのため空襲《くうしゅう》を受けて、町の多くが焼き払われた。

戦後に復興した町は、焼失した区画が強制的に整理されて、市役所や警察署などが集まった地区を中心にして、おおむね五地区に分かれるかたちとなった。

通称中央地区は、かたっ苦しい政治や行政、医療《いりょう》、教育機関が集まり、それらの施設《しせつ》を結ぶようにオフィスが並び、多くの商業施設が広がっている。

商業地域の両端には、デパートが建ち、互いに売り上げを競《きそ》っていた。わたしの高校は、この地区の西の端に位置している。

東地区は、旧市街と呼ばれ、ほかの市や県とつながっている鉄道の駅から、古くからの商店街が駅を囲むように伸びている。商店街のさらに東へ奥《おく》まったあたりに、神社や寺や教会などの宗教関連の施設が集まり、福祉《ふくし》会館などもあった。

南地区は、いわゆる住宅地区で、古い民家やアパートなど、戦後間もなく建てられたものも、まだ多く残っていた。市民ホールや図書館、小学校が地区の両端に二つ、その中間にわたしの卒業した中学校もある。

経済が発展するにつれて人口が増え、わたしが生まれた前の年に、地区の奥にあった小高い山が削《けず》られ、大規模な団地が建設された。

それを機に、県庁所在地や東京へ働きに出る人のためのベッドタウンとして開発が進み、さらに人が増えた。北地区が、その恩恵《おんけい》を最も受けた。北地区は、もとは農業地区で、近くを広い川が流れ、米や野菜が盛《さか》んに作られていた。川の名前は神栖川《かみすがわ》。市のやや北西寄りをゆうゆうと流れている。上流に位置する鬼栖村《おにすむら》の、さらに奥にのぼった鬼栖の森に源流がある（念のため、栖って、すみか、ってことね）。さっき紹介したように、ここには大大昔から暮らしていた人々がいて（いわゆる先住民ってことだけど）、都から来た武将たちがその人たちを追い払って、開拓した歴史がある（って、おばあちゃんに聞いた）。

結果として、新たにこの地に乗り込んできた人たち（開拓民？　てか入植者？）から見ると、山へ逃《のが》れた人たちは、退治された鬼、あるいは服従しない異物として、鬼の字が当てられたみたいだ。川も、もとは鬼栖川と呼ばれ、よく氾《はん》濫《らん》したらしい。その後、護岸工事などが進み、縁起が悪いからと、鬼の字が嫌われて、神栖川になったとのことだ。

で、農業が盛んだった北地区のことだけど、輸入品に押され、後継者不足もあって、ここ数年で田畑が次々売られた。その跡地に開発が進められ、大型のショッピングセンター、ホームセンター、映画館が五つ入ったビル、高層マンションなどが矢継ぎ早に建てられて、私立の中学と高校も新設され、リバーサイド区と

（チョイ恥《は》ずの）新たな呼称までがつけられて、なお開発が進められている。

それに比べ、昔から風景があまり変わらないのが、西地区だった。

リバーサイド区の川上にあたり、戦前からの精密機器の工場群もここにあって、昔もいまも、市民の多くが働き、法人税などで市の財政を支えている。騒音《そうおん》対策のため、周辺は公園となっており、とくに川沿いは桜並木が美しい。花見の時期には人が出盛《でさか》り、毎年酔っ払いが何人か川に落ちている。

川上は山へと連なり、そのふもとに大きな霊園があった。さらに山の中腹の人目につかないあたりに廃棄物《はいきぶつ》処理場がある。

わたしは、いま紹介した南地区の奥の、小高い山が削られたあとに建つ、十棟並んだ団地の四階に暮らしている。

団地ではなく、マンションと言えと、昔から母に言われていて、いまでは、「うちのマンションてさぁ」と話す癖《くせ》が身についていた。同じ団地の子たちも、「うちのマンション」と言う。それを聞くと、恥ずかしいなりに妙な連帯感を抱《いだ》く。たとえばドッジボールのとき、ついボールをぶつけるのが甘《あま》くなる感じ……。

母は、いま言った川上の鬼栖村出身だ。久遠が市になるとき、村にも合併の話が持ち込まれた。条件は鬼栖という名前の消滅。歴史を塗りつぶすつもりだって、おばあちゃんが言ってたけど、結果、村民は全員一致で合併を拒否。

母は、村から町の中学、高校に通い、空白の数年を経たのち（彼女が語りたがらないのだ）、県庁がある市のブティックで働き、結婚後退職して、離婚後は、西地区にある精密機器メーカーの工場で働いている。今年から、従業員組合の事務を押《お》しつけられたらしく、賃上げ交渉《こうしょう》などで帰宅がさらに遅《おそ》くなった。四十四歳だが、懸賞のハガキやメールでは、三十四歳と書き込んでいる。

弟は、二つ下の十四歳、わたしの卒業した中学へ、いまのところ休まず通っている。昔は可愛《かわい》い時期もあったが、いまはうざいだけだ。どんどん汗《あせ》くさくなり、それは同級の女の子たちの匂《にお》いとはまったく違う。

弟も、わたしが女くさいと言いだし、たとえばテレビを見るために近くへ座《すわ》ったときなど、あっちへ行けよ、と舌打ちする。「意識しはじめてんのよ」と、男兄弟のいる友だちは言う。それが本当なら、なんか面倒《めんどう》くさい。

団地の間取りは２ＬＤＫで、わたしと弟は、少し前までひとつ部屋にいたから、喧嘩《けんか》が絶えなかった。去年、弟がエロ雑誌を部屋に放り出していたため、とうとうぶち切れ、わたしは母が使っていた部屋に移った。

エロガキがヘアヌード見てる部屋で、勉強したり音楽聴《き》いたり、白馬の王子様を夢見たりできると思う、と説得すると、母もため息をつき、「どうせ寝《ね》に帰ってくるだけか」と、居間に自分用のソファベッドを入れた。

父親はいない。旧久遠町出身で、いなかのシティ・ボーイを気取っていたらしい。県内の会社に就職し、十七年前に母と結婚、五年前に離婚し、家を出ていった。原因は、父親が会社の若い女性社員とできちゃったってこと。

でも……つきつめると、父親はもちろん母も、自分以外のだれかのために人生を犠牲《ぎせい》にしたり、欲求を我慢したりすることが、いやだったのかなって気がする。いくら親だと言っても、内面は、そんなにうちらと変わらないように思った。

そして、歌やマンガやドラマや何やかやが、恥ずかしげもなく口にする、〈愛〉ってやつも、実際には存在しないことが、このおりにはっきりした。少なくとも、わたしの周囲には存在しなかった。

だって、もしもそれがあるなら、父親が女に走ることも、両親が離婚にいたることも、わたしたちがないがしろにされることも、なかったわけだから。

実際、わたし自身、そんなあるかないか、あやふやなものの存在を感じていなくても、いまのところ普通に生きていけている。

ただ母は、離婚が決まったあと、わたしたちを引き取り、三人の暮らしのために頑張《がんば》ってきた。それは認めてあげたい。なんで離婚すんの、あんたらの欲望やわがままで、うちらの人生まで左右しないで、って叫《さけ》びたいことは何度もあった。

一時期はむしゃくしゃして、万引きもした。幸い見つからなかった。見つかってたら、学校へ知られて、いやんなって不登校になり、家出をし、東京あたりでバカ男にやられて、次々やられても気にしなくなって、いつか薬まで打たれて……って感じで、人生が変わっていたかもしれない。けど、そのときはそこまで考えなかった。弟もきっと似たことはしたと思う。

だんだん人生ってのに、あきらめもついてきたってことなのか……。

いまは、ささくれた神経がとげ立つことも、ひと段落ついて、母が真夜中にため息つきつつ、テーブルで缶《かん》チューハイを飲んでいる姿を見ると、やっぱ許してあげないとなぁ、なんて思う。

いつかは、くそったれの弟も、年齢だけは大人になり、〈愛〉なきHを繰り返し、できちゃった結婚をして、内面は成長していないくせに、二人目の子も作り、新入社員を飲み会の帰りにやっちゃって、週に二回は残業のふりで愛人と会い、とうとうばれて、離婚して、養育費もきちんと払わず、そのくせ子どもに会いたいなんて言い、当の子どもたちからは、ふざけんなと思われて、大したことも成《な》し遂《と》げられずに、ぼけて死んでいくんだろうな……。

わたしだって、年齢だけは大人になり、中身のない何人かの男とHして、もういいか、焦《あせ》るのもみっともないしって年頃で結婚し、最初は子どもも可愛いけど、だんだん言うこときかないからキーキー言って、旦那《だんな》が若い女を作ったから離婚して、やっぱり子どもは可愛いから引き取って、ひとりで育てるのは大変で、苦労して働いて、子どもらにかわいそうだから許してやろうなんて思われて、どんどん年とっていくんかなぁ……。

こんな想像、団地の台所で、夕飯用の冷凍《れいとう》チャーハンにつけあわせるサラダを作りながらしていたら、急に泣けてきた。母の缶チューハイを冷蔵庫から取り、団地の狭《せま》いベランダに出て、夕日を見ながら飲んだ。

団地は高台にあるため、住んでいる地域から中央地区にかけてが見下ろせる。

通ってる高校も少しだけ見えた。市内の中学校を卒業した生徒たちのなかで、中から下のランクの成績だった者が集まる、公立の男女共学校だ。

進路もまだはっきりしない子が多いから、しゃかりき勉強しなくても注意されないけど、時間だけはどんどん過ぎてゆくため、みんなどこかしら不安げで、いらだっている。

わたしは、一年の終わりにバスケ部をやめ、二年になる前に彼氏と別れ、時間を持てあまし、これからどうしようと思ったとき、自分はどこに立っているのか、と考えた。

五時限目が地理だったせいもある。地図を広げ、どこにどんな資源があり、どんな貿易が盛んなのかって話を聞いているうち、どんどん変わりゆく世界のどこに、わたしみたいな、何もできない人間が立っていられるのかと思った。

高いところへ出て、世界を見回したくなった。わたしがいま立っているところを目にして、これから先、自分には本当に、いてもいいって認められる場所があるのかどうか、確かめたくなった。

そして、病院の屋上に昇り、ディノに声をかけられたのだ。

わたしは、いつか、この町を出ていく。そう思っていた。

でも、母はここで年を取っていくだろう。小さな町から出られないまま、老いてゆく。そんな大人がいっぱいいる。

ベランダで考えているうち、また泣けてきた。

だって、わたしも、いつかはどこかの町に落ち着くんだろうから。そして、その町から出ていかれなくなって、老いていくんだろうから……。

涙が止まらなくなった。

不意に、背後で物音がした。振り返ると、弟がリビングに立っていた。

陸上の部活を終えて帰ってきたところらしい。わたしに気づいて、泣いてるのに驚いて、どうしようかと迷うばかりで、声もかけられずにいた感じだ。

弟は、わたしから目をそらし、

「アル中になっぞ」

と言い捨て、自分の部屋へ入っていった。

ばか弟、あんたもさ、なんとかしのいで生きていってよ、と思う。

3　所属

翌日、ほかに行き場がないから仕方なく、って感じで学校へ出たら、親友のタンシオから、自殺しようと思う、と打ち明けられた。

「またなの。今度は、なんじんで」

「わけを聞いたら、がんずくはずだよ」

タンシオの本名は、丹沢志緒美《たんざわしおみ》。南地区にある中学からのつきあいだ。

タンシオは、小学校のときにつけられたあだ名らしい。

彼女自身は嫌《きら》っているので、彼女の前では「シオ」と縮めて言うことが多い。

ちなみに、方言を交えてしゃべるのは、わたしたちが『方言クラブ』のメンバーだからだ。「なんじんで」は、どうして、という秋田県の一地方の言葉。「がんずく」は、うなずく、とか、納得する、っていう佐渡《さど》の言葉だった。

中学一年の終わり頃、会ったことのない福岡の女の子とたまたまメールで話すようになり、聞いたことのない方言をいくつも教わった。おもろ〜いと思って、タンシオたち仲間に話したら、みんなも興味をもって、それから手分けして、いろんな地方・地域の子どもたちから、それぞれの方言をネットを通じて伝えてもらった。自分たちがふだん使ってる言葉とも、標準語とも違う言葉をしゃべる人が、同じ日本に大勢いる。その事実に魅力《みりょく》を感じ、気に入った言葉を仲間内で使うようになった。

とくに仲の良かったタンシオ、テンポ、リスキの四人組で、共通の言葉を暗号として覚え、人前でも秘密の話し合いができるようになったことから、面白半分《おもしろはんぶん》、『方言クラブ』と呼ぶことにした。

もちろん、こまかな用法やニュアンスは使い分けられない。だからこそ、きっとどこのものでもない言葉になる。それが望みだった。ここの、あそこのと、決まった場所に属している住人になりたくない想いが、わたしたちにはあった。

でも、中学を卒業すると、テンポは北地区の進学高へ進み、リスキはその少し前にお父さんの工場がつぶれて、進学をあきらめた。あれほど仲が良かったのに、わたしたちは半年も経つと、連絡を取り合わなくなった。

テンポは、お父さんと同じ歯科医か、お兄さんと同じ国家公務員になるため、日々勉強に励《はげ》んでいるだろう。リスキは、ファミリーレストランで働いていたが、いまはやめて、悪い連中とつきあってるという噂《うわさ》があった。

わたしとタンシオだけが同じ高校で、まだクラブをつづけている。でも前のように、どこにも属したくないって意志は自然と消え、惰性《だせい》でつづけている感じだ。

タンシオの自殺したいという理由は、失恋《しつれん》だった。

いまどきそんな理由で、と思う。けど、理由なんて、なんでもいいんだろう。ときどき思う。

わたしたちは、明確な動機とか理由なんてものを失っているって……。

自殺や殺人を、若い子たちがすると、テレビも新聞も動機探しで大騒ぎする。けど、みんな（大人も含めてってことだけど）、なるほどそれならって、だれもが納得するような立派な理由があって、いつも行動してんのかな、って疑う。

たとえば、友だちからメールが来たのに、つい返すのを忘れたとき、つまんないこととわかってても悩《なや》んで、いっそ死んじゃいたいって思ったり、悪いけど、友だちが死んじゃわないかなぁ、と思ったりすることがある。ばかげた夢みたいなもんだけど、だからって、たまたま何かのタイミングが合ったら、ふらふらって実行しないとも言い切れない。

タンシオだって、本気で自殺を口にしたわけじゃないのはわかってる。だからって、いい加減に聞いてたら、「じゃあいいや」って、死んじゃうこともある気がする。

だから、なんとなく理解できてることは、相手が「死にたい」とか「殺したい」とか、「家出する」とか「援交《えんこう》すっか」なんて、ともかく危なげなことを口にしたとき、自分にできる対処法は、ってつまり、わたしが言ってほしいことなんだけど……、

「どうかした」

って、説得抜きで、話しかけることだ。

だから、タンシオにもそうした。

タンシオは、大げさなほど目を見開き、聞いてくれるぅ、と話しはじめた。

いわく、二つ隣《となり》のクラスの彼氏が、Hしたいと言い、まだキスもしてないのに、と断った。すると彼氏は、じゃあキスと言いだし、なんかだまされてる気がして、それも断った。相手は、おれを愛してないのかと突然《とつぜん》怒って、いいよもう別れる、

と歩き去ったという。

「そんなの、ママにお乳をねだる、こべっちょの手口だよ。振り回されることなんてない」

こべっちょは、いわばガキのことで、奈良《なら》の子からネットで教わった。

タンシオは、そうじゃないと否定した。そんなありふれた手口でやれると思う男子を、彼氏に選んだ自分に、ちょっと絶望したのだという。

「自分に、たごなげて生きるのは、ざんじょー知らずの気がするしさ」

たごなげる、は絶望するって島根の言葉。ざんじょー、は恥《はじ》を意味する岩手の一地方の言葉。自分に絶望して生きるのは、恥知らずの気がする、と言いたかったらしい。

「シオさ、なんだかんだ言っても、やっぱ傷ついたんだよ。いまも傷がひりひりしてんだと思う」

わたしは、ふと昨日の出来事を思い出し、ちょっと試してみたい気持ちが働いて、失恋した場所へ行ってみようよ、と、彼女を誘《さそ》った。

タンシオは初めいやがったが、何度も誘ううち、ついに折れて、放課後、通学に使っている自転車を飛ばし、西地区の川沿いに広がる桜並木が美しい、通称「桜公園」へ出かけた。

いま桜は、華やかだった花が散り、どの木も若葉が生えそろって、西日のなか、明るい黄緑色の輝《かがや》きが、山のふもとまでつづいている。

精密機器メーカーの工場を囲むように広がる公園を見渡し、どこで別れ話をしたのか訊《き》くと、タンシオは公園の入り口で足を止めたまま、入ってすぐ左手の、遊具が多く集まっている場所を指さした。

「ドーガンボーに乗りながら言われた」

栃木《とちぎ》の一地方の言葉で、ブランコのことだ。

「シオが傷ついた場所にはさ、きっといまも血が流れてるんだよ」

わたしは、鞄のなかから、手首の傷用に持っていた新しい包帯を出した。

タンシオを公園の入り口に残し、遊具の集まった一角へ進んでゆく。

ふだんこの場所では小さな子どもたちが大勢遊んでいるが、時間的にみて、もう帰ってしまったのだろう、近くに人の姿はなかった。

ブランコの背後には銀杏《いちょう》の大木があり、根もとに目立たない小さな石碑《せきひ》がある。

この町出身の童話作家のものだ。ブランコを擬人化《ぎじんか》した『ブランコ君』という物語が少し知られ、わたしも小学校で聞いた覚えがある。

ブランコに向かって歩きながら、そのお話を思い出した。

〈むかしむかし、公園のブランコ君は大の人気者で、毎日おおぜいの子どもたちを乗せ、幸せでした。

けれど、この国が戦争に突入し、子どもたちは遠くへ疎開《そかい》したり、家のなかにこもったりして、だれもブランコ君に乗らなくなったのです。

子どもたちが大好きだったブランコ君は、風に吹かれるまま、ぎいぎいと寂しく揺《ゆ》れるだけでした。

ある日、ブランコ君は、人間たちの手で外され、両手の鎖《くさり》を持っていかれました。戦争が激しくなり、物資が不足したためです。

ブランコ君の両手は溶《と》かされ、爆弾《ばくだん》に作り替《か》えられました。

爆弾は飛行機で運ばれ、敵の上に落とされました。そこは、外国の公園の上で、子どもたちがブランコに乗って遊んでいるところでした。

どーん。

外国のブランコたちは、動かなくなった子どもたちを両手の鎖で抱《だ》きしめ、きしきしと泣きました。ぼくらの鎖で爆弾を作り、この子たちを死なせた連中の上に落とせと叫びました。

願いは聞き入れられ、爆弾がこの国に戻《もど》ってきました。

どーん。どーん。

……そうして、何もなくなった公園では、風だけが吹き抜け、ときおりもう揺れるはずのないブランコ君が、ぎいぎいと泣くように揺れる音が聞こえてくるそうです。〉

長いあいだ思い出すこともなかったけど、だいたいこんなお話だったと思う。

わたしは、ブランコの前まで進み、タンシオが彼氏と乗っていたというブランコの、鎖の中央付近を手に取った。『ブランコ君』のお話を思い出し、鎖を少し撫《な》でてみる。

そのあと、包帯を出し、鎖に巻きはじめた。

三十センチくらいの長さにまで巻いて、カッターで切る。包帯の先端を二つに裂き、上の鎖穴、下の鎖穴それぞれで蝶結びにする。両方の鎖に包帯を巻いてから、二、三歩離れて確認《かくにん》してみた。

『ブランコ君』の傷ついた両手が、手当てをされて、また楽しく子どもを乗せる日を待っているかのように見えた。

わたしは、タンシオのところへ戻って、彼女にブランコを見るように言った。

「ほら、シオが傷ついた場所に、包帯を巻いたよ。血が止まったと思わない？」

タンシオは、恐《おそ》る恐る公園内に入り、ブランコのほうに目をやった。

不思議なものを見るように何度もまばたきをして、ゆっくりブランコへ近づいてゆく。鎖に巻いた白い包帯に手を伸ばし、指でふれ、やさしく撫でる。

彼女が深くため息をついた。

「ワラ、これ、いい。なんか楽になる。傷に手当てされて、心がすっかるくなる感じ」

すっかるいは、長崎《ながさき》の壱岐《いき》で、とっても軽い感じをあらわす言葉だ。

わたしは直感的に思った。

外の景色と、心のなかの風景は、つながっている……。

【タンシオ報告】

こんにちは、丹沢です。クラブ関連の複数のページを、このサイトで管理しています。ワラが皆《みな》さんに届けようとしている報告と、直接の関係はないんですけど、わたしなりに補足しておければと思ったので、短く報告させてください。

ワラの話に出てくる『ブランコ君』ですが、この童話は戦時中に書かれ、そのため作家の人は、政府を批判した罪で逮捕《たいほ》されて、移送された東京の刑務所《けいむしょ》で亡《な》くなったそうです。

戦後、彼の仕事があらためて評価され、『ブランコ君』も町の小学校などで語られるようになりました。各地で観光ブームが盛んになった頃、名所のないこの町でも、郷土の誇《ほこ》りとなる人や場所を紹介《しょうかい》することになり、公園に石碑ができたそうです。

でも、時代が進むにつれて、彼の名前は忘れられ、ワラのこの報告の時点では、わたしも忘れていました。

いま、わたしは幸いなことに子どもに恵《めぐ》まれ、町の小学校に、二人の男の子が通っています。

子どもたちは、この作家の人のことを知りません。刑務所で亡くなったことが問題視され、郷土愛に反する人物として、石碑もずいぶん前に撤去《てっきょ》されたそうです。

ただ『ブランコ君』だけは、いまも語られつづけています。でも、先日うちの子に聞いたところ、作者不明で、物語も少々変わっていました。

というのも……ブランコ君の両手で作られた爆弾が、外国の公園で遊んでいた子どもたちの上に落ち、子ども好きだったブランコ君が、加害者になってしまう悲劇が表現されていましたよね。あの場面はなくなり、ブランコ君の大好きな子どもたちが、まず先に敵の攻撃《こうげき》によって、多大な被害《ひがい》を受けたため、怒《いか》りに燃えたブランコ君が、進んで両手を差し出し、勇敢《ゆうかん》に敵をやっつけるという話になっています。その際、敵と呼ばれる相手に、子どもがいることも、楽しく公園で遊んでいたということも、一切《いっさい》語られていません。

心ならずも加害者の立場に立ってしまうという、悲劇の重さをあらわした表現が消えて、みずからが受けた被害の大きさばかりを語る変更《へんこう》について、仲間とともに、学校や教育委員会にたずねたところ、昔からこのとおりだったと言われました。

わたしたちは、自分たちで古い文献《ぶんけん》を探し、本来の物語を書き起こして、仲間たちへコピーを回したり、メールで送ったりしています。

さて、ワラから届く報告を、ここではそのまま順番に流しています。

ついては、『包帯クラブ』のほかのメンバーたちからの近況《きんきょう》報告なども、随時《ずいじ》加えていきたいと、わたしの独断で考えています。

あの当時のいろいろな打ち明け話でもけっこうなので、どうぞ気ままにお送りください。

以上丹沢……いえ、タンシオでした。

4　手当て

町に二つあるデパートの、駅寄りのものの屋上は、小さな遊園地になっている。

こぢんまりしたメリーゴーラウンドと、低い観覧車、柵《さく》で囲った狭い敷地《しきち》内をぶつけ合って走るゴーカート、ゆっくり移動する巨大《きょだい》なパンダの乗物、その場でガタゴト揺れる自動車と飛行機……。

あとは、お弁当を広げられるパラソル付きのテーブルと、椅子《いす》が数脚《すうきゃく》置かれたスペースがあるだけなのに、かつての幼い自分にとっては夢の世界だった。

巨大なレジャー施設をいくつも知ったいま、思い返してみて、あんな小さな空間が夢の世界と感じられたのは、両親と一緒で、弟も可愛く、みんなと手をつないだり、からだを寄せ合ったりして、ゆったりと流れる時間のなかで笑っていられたからだろう、と思う。

両親が離婚したあと、わたしや弟の誕生日に、母がいろんなレストランへ連れて行ってくれた。おいしい、と口では言ったけど、昔デパートの屋上で食べた、母の手作りの（わたしと弟も少し手伝った）、あのサンドイッチの味には、とうていかなわなかった。

父親が、うちのマンション（て、実は団地だけど）の部屋を出ていったのは、わたしが小学校六年のとき。中学入学のとき、書類の保護者欄《らん》は、もう母の名前だった。

中学二年のとき、ひとりでデパートの屋上へ行ったことがある。

もしかしたら、仲が良かった頃の家族に戻れる秘密が、何か隠《かく》されてるんじゃないか……実はいま、屋上で両親が会っていて、もう一度やり直そうと話し合っており、わたしを見つけて手招きし、一緒に観覧車に乗る奇跡《きせき》が起きるんじゃないかなんて……期待したからだ。

でも、屋上に出る寸前、足を止めた。

そんなことはありえない、現実にわたしが見るのは、錆《さび》が浮いた観覧車や、輝きの失《う》せたメリーゴーラウンド、だれも座っていないお弁当を広げるテーブル……魔法も秘密もない、残酷《ざんこく》な情景に違いないと気がついた。

そのとき二度とここへは来ないと決めた。ここはわたしを苦しめる場所だから。

「じゃあワラ、ここで待ちろじゃ」

タンシオが、山形のある地方で使われている言葉で、待ってるように、と言い、屋上へ出る手前の階段の踊《おど》り場《ば》に、わたしを残した。

桜公園で、タンシオのためにブランコに包帯を巻いたあと、彼女は、ワラにも巻いてあげるよ、と言った。

ワラさぁ、絶対行きたくないところがあるって言ってたでしょ……。

わたしは、デパートの屋上へ出てゆく彼女に返事もできず、無力に見送った。

だめだ、無理だ、もう帰ろうと、口のなかで繰《く》り返《かえ》しつぶやき、長い時間迷ったあと、

〈ごめんね、タンシオ。せっかくだけど、わたし、やっぱり現実を見る勇気はないよ〉

屋上の天窓から差してくる光に背中を向け、階段を降りはじめた。そのとき、

「ワラ、ワラ、ねえ……笑美子っ」

呼ぶ声が母の声に似て、思わず振り返った。

光を背にして、人影がわたしを手招く。

かつて夢見た幻想《げんそう》がよみがえり、誘い込まれるように足が光のほうへ向かった。影に手を握られる。柔《やわ》らかな感触《かんしょく》に、手だけでなく、からだごとふわっとくるまれるように感じ、さらに光があふれるほうへ引かれてゆく。わたしの全身を光が包み込んだ。まばゆさに目を閉じる。風が頬《ほお》を撫でる。

「どう、ワラ。しっかり目を開いて、まぶってごらん」

まぶるは、長野や岐阜《ぎふ》で使われている、見るという意味の言葉だ。そんなことを母が言うはずはない。目をこわごわ開く。隣でタンシオがほほえんでいた。

ほら、と彼女が指さす。

その先にはメリーゴーラウンドがあり、馬たちをぐるりと囲んでいる鉄製の柵の一カ所に、白いものが見えた。包帯が十センチくらい巻かれている。

こっちも、と彼女が別の場所を指さす。

わたしたち家族が昔、サンドイッチを食べたテーブルの、パラソルの柄《え》の部分にも、包帯が十センチほど巻かれていた。

「係員に見つかんないように、しんくるめ、したんだよ」

しんくるめは、苦労をするって、富山のほうの言葉だ。

待っててね、とタンシオはまた一人で歩いてゆき、年配の係員が後ろを向いた隙《すき》に、ゴーカートを囲った柵の前に立った。

彼女はしばらくゴーカートを見ているふりをしていたが、わたしを振り返ってほほえみ、その場を離れると、柵には包帯が巻かれていた。

大したことではなく、ほんのささいな包帯のひと巻きだった。

でもそれは、確かにこの場所、ここの風景が、傷を受けていた証《あかし》のように思えたし、同時に、しっかり手当てをしてもらえた跡《あと》に見えた。

そうなんだ……ここにはやっぱり、わたしや、わたしの家族の血が流れていたんだ。

気づかないふりをしていたけど、わたしは傷を受けていた……離婚なんて、いまどきありふれてるし、大したことじゃない、と思い込もうとしていたけど、奥深いところに刺《さ》さったトゲのように痛みを発していた。

でも、いまはその傷を認めてもらえた。あなたの傷なんだと言ってもらえた。

そして、包帯が巻かれている。完全に治ったわけじゃないけど、少なくとも血は止めてもらえた。

その感じが、なんだかとてもほっとした。

「ワラ、あんた、久しぶりに、ナキになってるよ」

タンシオが、わたしの顔を見て、驚いたように言った。

ワラは名前から来てるけど、ナキは文字通り『泣き』で、泣き虫のわたしを友だちがからかうためにつけたものだ。

タンシオは、ふだんから感情表現がオーバーなくらいだけど、わたしは逆に感情を表に出すのが苦手で、そのぶん耐えていたものが一気に噴《ふ》き出《だ》すと、突然泣いて、相手を驚かすことがある。

わたしは、あわてて目もとをぬぐい、タンシオに、「おおきに」と笑いかけようとした。でも、喉《のど》がつまって、ちゃんとした言葉にはならなかった。

そのあと、ふたりで観覧車に乗った。

タンシオから包帯を受け取り、観覧車の窓に渡された横棒に、包帯を巻く。

包帯越しに、わたしの育ったこの町を見下ろす。ずっと嫌っていた場所が、わたしが救われたという、新しい場所、新しい風景に変わった瞬間だった。

5　誤解

あくる日曜日の朝、わたしは東地区の旧市街にある製菓《せいか》工場へ、自転車を走らせた。

町の古くからの銘菓《めいか》で、饅頭《まんじゅう》に似た『喰《く》おん久遠《くおん》』と、タルト風の『久遠ちゃん』は、県内のデパートでも売られ、地方発送もしている人気商品だ。

わたしは一年の終わりに部活をやめて時間ができ、自由になるお金もほしくて、毎週日曜にアルバイトで働きはじめた。

本当は道路をはさんだ店舗《てんぽ》での、販売部《はんばいぶ》か喫茶部《きっさぶ》での仕事が希望だったが（ちょっとおしゃれな制服が着られるのだ）、開発の進むリバーサイド区に人が流れ、旧市街の店はどこも売り上げが落ちているらしい。

商店街のなかも、シャッターを閉めきった店が増えている。そのあおりを受けるかたちで、人手の足りてる店舗ではなく、工場のほうでなら雇《やと》うと言われた。

だからいまは、そっけない白衣を着て、キャップをつけ、機械でできあがった饅頭やタルトを包装のラインへ移し、傷《いた》みがないか点検して、一個一個小箱につめ、個数に合わせた大箱につめ、食材を記したシールを貼っている。それを終えると、賞味期限切れで返品されてきた菓子を、紙とプラスチックと古い菓子とに分別して廃棄する仕事も待っている。

すべて立ったままおこなうので、かなりの重労働だが、タンシオも一緒だからつづけられている。

初めは多かった失敗も、いまは慣れてほとんどなくなり、パートのおばさんたちから、「卒業したら、このままここに就職したら」「本社の男の子と結婚したらいいじゃない」などと言われている。「勘弁《かんべん》してくださいよぉ」と、タンシオと笑ってはいるが、内心では、自分たちが出口のない穴へ押しやられつつある感覚に、息が苦しくなる。

自分たちの学力では、いい大学へ進むことは望めないし、家庭教師を雇うお金も家にはないから、おばさんたちの言葉は、思っている以上に現実味を帯びていた。

クラスのなかには、「東京で三、四年フリーターして、飽《あ》きたら戻って結婚しよう」と、それが一番の夢のように語る子もいる。

特別な才能でもなければ、ほかに思い描《えが》ける将来像はあまりに乏《とぼ》しく、現実に〈階層〉ってあるよなぁ、と実感させられる日々だ。

休憩《きゅうけい》時間、タンシオが、幼稚《ようち》園《えん》のときからの子分だという男の子を連れてきた。

　同じ製菓会社の配送部でバイトを始めたばかりだという彼は、タンシオと同じ東地区の出身で、小学校も同じだったが、北地区の私立中学へ進み、いまは駅の向こう側にある商業系の男子高に通っている。日焼けをして、白い歯が目立つ。名前は、柳元紳一《やなぎもとしんいち》と言った。

「ギモって呼んでやって」と、タンシオが紹介した。

　わたしたちは、工場の壁《かべ》に背中を預け、ギモのおごりで缶コーヒーを飲んだ。

「ギモってさ、スポーツマン風の見てくれだけど、実はこっちなんだよね」

　タンシオが、手のひらを逆にして頬に当てる。

　つまり、オカマちゃんってこと?

「違うよぉ」と、ギモが必死な顔で否定した。

「べつに、恥ずかしいことじゃないと思うけど」

わたしはとっさに言った。

初めて人を好きになったのは小学校四年生で、プリコって女の子だった。あだ名はプリマドンナから来ており、三歳からバレエを習い、天から絹糸で操《あやつ》られているのかと思うほど姿勢が凛《りん》と張って美しく、手足の動きも優雅《ゆうが》だった。

どうしてプリコがわたしを気に入ってくれたのかはわからないけど、親友になり、五年生のとき、彼女がお父さんの仕事でニューヨークへ越すことになったため、抱き合って泣いた。別れぎわ、彼女はわたしの唇《くちびる》にちょこんとふれるようなキスをしてくれた。

あれが初キス。いまだに忘れられない大事な思い出だ。いまも彼女がこの町にいたら、絶対に男なんて好きになることはなかっただろう。

「だって、ギモさ、実際いま、好きな男の子がいるんでしょ」

タンシオが言う。「ワラは、うちの親友だから大丈夫《だいじょうぶ》。話してみな」

ギモは、少し言いよどんでいたが、やがて思い切ったように口を開いた。

「ぼくは……確かに、よく男の子を好きになるけど、本当にゲイかどうか、自分でもわからない……女の子が、可愛いと思うこともあって、迷ってるんだ」

休憩時間はまだ十分ほど残っているため、ギモから、いま気になっている男の子の話を聞いた。彼いわく、憧《あこが》れている一年上の男子に告白したい、でも自分のことをおかしく思われるんじゃないかと怖《こわ》くて、踏《ふ》み切《き》れずにいる。相手の名前を聞いて、驚いた。

「て、いうわけよ」と、タンシオがわたしにウインクする。

「おげちゃらでしょう」

思わず香川《かがわ》の丸亀《まるがめ》弁で、嘘でしょう、と言った。

「しょーみです」

タンシオが津軽《つがる》の言葉で、本当です、と返した。『方言クラブ』のメンバーでないギモは、意味がわからず、わたしたちを不思議そうに見ている。

「ワラはさ、その男とつき合ってて、こないだ振ったばっかりなんだよ」

タンシオが、ギモに言った。「だから、どんな相手かアドバイスをもらいなよ」

「本当なんですか」と、ギモがわたしを見る。

わたしは、タンシオの肩《かた》を強くたたき、遠くの空へ目をそらした。照れてるようにも、話したくない様子にも見えたろうか。

実は、タンシオにも話していない事実があった。キスはきっと三十回以上した。まだキスも経験していないタンシオに話したのは、そこまでだ。実は、Hまでいっていた。いまのところ唯一《ゆいいつ》のHでもある。セックスと言ったほうが、現実に起きたことを正確に表現できると、いまではわかっている。当時、Hという、事実をあやふやにする効果のある言葉は、自分たちが選んだつもりでいた。自分らの行為《こうい》を、現実から少し遊離したところに置くためだ。実はその考え自体、大切なものを失っていたことの結果なんだけど、それを確認するためにも、この報告ではHで表現しておきたい。

相手は、中学で同じバスケ部の一年先輩《せんぱい》だった。憧れはしたが、その頃はほとんど話をしなかった。違う高校へ進んだし、いつのまにか忘れてもいた。

高一の夏、映画館で再会し、メールを交換《こうかん》して、また一緒に映画に行ってから、つきあうようになった。

そして、二カ月前の春休み、「どう」と言われた。相手の部屋でだった。親が留守《るす》と知ってて遊びに行ったから、想像しなかったと言えば嘘になる。そういう空気になったとき、相手が暴力的でなかったら、仕方ないかもしれない、と感じていた。

〈愛〉なんて、口にするのも恥ずかしい幻想だと、親の離婚でわかっていたし、だから相手を好きではあったけど、どちらかといえば好奇心のほうが強かった。人よりも先に知りたいって意識もあった。

なにより、嫌われるのがいやだった。できるだけ多くの人から、好きだとか、可愛いね、と言われることを、幼い頃から夢見ていた。でも、家族が言ってくれたのは小さいときだけで、その後、父親は出てゆき、母も子ども二人をかかえた生活のことで精一杯になった。好きだ、可愛い、と言ってくれる男の子が、すぐそばにいて、誘ってきたら、引き延ばすのにも限界はある。

いや、延ばせたのかもしれない。この先いくらだって、好きだ、可愛い、と言ってくれる相手が現れると信じられたなら、少しは違ったのかもしれない。

でも、わたしは、父親さえ引きとめられない人間だと思い込んでいた。

捨てるのは勇気がいるけど、タイミングを逃すことにも勇気がいる。年を取ってからひどい男と最初っていうより、いいんじゃない、いつかはこういうときが来るんだし、だったら彼で、悪くないんじゃない……そう思って、「うん」と、わたしはうなずいた。

ただ、妊娠《にんしん》が不安だった。

中学三年のとき赴任《ふにん》してきた保健室の先生が、〈わかってる人〉だった。彼女に会うまで、仲間うちでは、コーラで洗えば避けられるという話になっていた。もちろん授業で性教育の話はあった。生理、生殖《せいしょく》、妊娠、性病、避妊《ひにん》の話もあったし、コンドームも言葉としては説明された。ただし、すべては本と写真という、二次元の世界だった。

でも、Hのとき実際にコンドームをどう使うかって実技はなかった。勢いでやっちゃいそうなとき、どうしたら妊娠をふせげるか、相手にどう言えば嫌われずに真意が伝わるか、もし中で出されたらどうすればいいか、中絶って実際どうなるかって、いざ現場で必要なノウハウは教わらなかった。

だからこそ、コーラは有効な裏技として、うちらの頭に残った。中二のとき、したあと五回ジャンプをすれば大丈夫、って話が回ってくると、みんな「それいいね」と飛びついた。

新しい保健室の先生が、それをくつがえした。

わたしは当時、両親の離婚があとをひいて、ときどき保健室へ逃げていた。

彼女は、実際にコンドームを見せてくれたし、棒状のものを使って、使い方も見せてくれた。排卵期《はいらんき》に中で出されたら、コーラもジャンプもむだで、妊娠を望んでいない場合は、女はただ不安にふるえるしかない事実も教わった。中絶の現実、中絶後の罪悪感、逆に生命誕生の奇跡と喜びも、自分の体験をまじえて語ってくれた。

でも、彼女は正式な授業は持っておらず、保健室を訪《おとず》れた子にしか話せなかった。

男子女子にかかわらず、生徒全員にコンドームの実際的な使い方を教えたいと、彼女は学校側と掛け合ったらしい。でも、許可が出る前に（出るわけないんだろうけど）、彼女はわたしたちの卒業を待たず、転勤となった。

サンキュー、先生。あなたがいなかったら、わたしは高校生なのに、コーラで洗い、大学生になってもまだ、五回ジャンプをひそかに信じつづけていた気がする。

そして、やっぱり男子たちに無理矢理にでも、実技を教えておいてほしかったよ……。

初Hの相手に、わたしは、「赤ちゃんはまだ無理だよ」と、こわごわ言った。すると彼は、「大丈夫」と答えた。コンドームをつけてくれるのだと思った。だって一年年上だよ。

行為自体は、なんかおかしなことだった。こんなことでいいの、って感じ。だって、漫画《まんが》はもっときれいに描かれている。花とか星が華麗《かれい》なほどきらめくなか、ロマンチックにからだを重ねている。

実際はみっともないくらいの格好になった。だんだんみじめになった。もういい、やめて、と何度も言いそうになった。けど、やめたら、いちからやり直しだ。きっとみじめさは変わらない。だったら、もういい、一気にすませたい、早く終わって、そんな気分だった。歯医者さんのドリルで歯に穴を開けられるのが、からだの中心に来たようなものだ。目をつぶって、ただ終わるのを待っていた。

相手の重みと熱が、いきなり去ったときは、心の底からほっとした。

終わった、終わった、助かった、これで済《す》んだ、わたしは経験者ってやつになったんだと思った。実際の行為より、解放感のほうがわたしを喜びで満たした。あとは、この人生における一大イベントを、最高の思い出にしたくて、彼にからだを寄せた。頭を撫でられ、きれいだったよ、素敵だったよ、と言ってもらいたかった。

なのに、あの野郎《やろう》。「早いとこバスルームに行ったほうがいいよ、冷蔵庫にソーダを買ってるから、あれ振って、泡《あわ》で奥のほうを洗えば大丈夫だよ」って言った。

喜びは一気に吹っ飛び、わたしはベッドの上ではね起きた。

「してくれなかったの」「え、何が」「ゴムよ」「なんで」「つけてくれなかったの、大丈夫って言ったでしょ」「だから洗えばいいんだよ、裏技だぜ。あと、夜中におなかを叩《たた》くといいらしいよ」

これが本当に二十一世紀の高校生？　最悪、最低。でも、人のことは言えない。だれにも相談できず、次の生理が来るまで、不安で気が狂《くる》いそうなほどだった。春休みは完全に台無しで、なのにあいつは、一週間後、またしようと言ってきた。子どもができたらどうすんの、と聞くと、もごもごと「結婚すればいいよ」と言った。

うちの父親のことがなかったら、危うく信じたかもしれない。母親が疲《つか》れて缶チューハイを飲んでる姿が、頭に浮かんだ。

わたしは、勇気を振りしぼって、彼に言った。

「結婚のこと、親に話せるの。学校やめる気、何して働くの。いま十七よ、二十になっても、三十になっても、わたししか抱かないって誓《ちか》えるの。子どもいるんだから、遊ぶのも子ども優先だよ。友だちの誘いも断って、おむつ替えてもらうけど、できるの」

すると、あの馬鹿《ばか》は黙り込んだ。そして、「おまえ、重いよ」とつぶやいた。

わたしは泣いた。もちろん、やつの前でじゃない。やつの前では、「てめえの頭が軽いだけだろ」と切れて、叫んだ。

ひとりになってからさんざん泣いた。二度とやつには会わなかったし、生理も来て、ありがとうって、自分の子宮の上を撫でた。

こんなこと、タンシオにも言えなかった。ここで初めて打ち明ける。

「わたしには、あんまりいいやつじゃなかったよ」

わたしは、ギモのほうへ目を戻した。「けど、人間関係って、相手次第で変わると思うから。ギモとつきあったとき、やつがどうなるかなんて、アドバイスはできないよ」

「ぼーけひと」

タンシオがからかうように言う。大人って意味の、八丈島の言葉だ。

「男性に、興味はなさそうでしたか？」と、ギモがたずねる。

「……根っからの女好きって感じだったよ。ごめんね。でも、わかんない」

「そうですか、ありがとうございます」

ギモは、がっかりしたように吐息《といき》をついた。

工場のほうから、休憩時間が終わったことを知らせるブザーが鳴った。

「あと、もうひとつ。ギモのことで、ワラに頼《たの》みがあるんだよね」

タンシオが言った。

秋田の一地方で使われてる、悪い、という意味の方言を思い出した。

「……えげたい予感」

【プリコ報告】

ハロー、丹沢さんから、ワラがこれまでのことを途中報告の形で書いているとお聞きして、わたしも少し関連情報を入れておければと思い、メールを丹沢さんに託《たく》します。

プリマドンナからあだ名をつけていただき、光栄でしたけど、わたしは結局バレリーナにはなれませんでした。ニューヨークではバレエ学校へ通い、有名なバレエ団の短期契約《けいやく》団員にまではなれたものの、足を怪我したこともあって、正式契約にはいたりませんでした。

でも、多くの人と知り合えたおかげで、いまUNFPA(国連人口基金)で働いています。ワラと再会したのは、国連の仕事で、アフリカのチャドに行ったときでした。すぐにはわかりませんでしたけど、互《たが》いに日本人なのを驚き、名乗り合ううち、しぜんと抱き合っていました。奇跡だねって、ワラは、いきなり「ナキ」になってしまいました。

ワラとのキスは、もちろん覚えています。わたしにも大事な思い出ですから。

わたしのいまのパートナーは、アメリカ国籍《こくせき》の女性です。同性同士の結婚を認めている州で式を挙げました。

年月を経ても、宗教のからんだ問題だけに一進一退で、いまだに認められてない州の、裁判所前にそびえる大樹の幹に、先日、仲間と包帯を巻いてきたところです。

ワラ、どうかからだには気をつけてね、また会いましょう。以上、プリコでした。

6　侵入《しんにゅう》

次の土曜日の午後、タンシオとギモが卒業した、南地区の最も東寄りにある小学校へ出かけた。同じ地区でも、最も西寄りにあったわたしの卒業校に比べ、商店街が近いことも関係しているのか、校舎が新しい一方、運動場は半分くらいに狭かった。

いまグラウンドでは、男女混合のサッカー教室が開かれ、小学生たちが窮屈《きゅうくつ》そうに走り回り、その周囲で親たちがさかんに声援を送っている。

わたしとタンシオは、デニムのパンツにTシャツ、薄手《うすで》のスタジャンという格好で、グラウンド側にひらかれた裏門から入り、サッカーを応援するふりをしつつ、校舎へ近づいた。

サッカー教室の子どもや保護者がトイレを使うため、校舎は開放されている。

校舎内へ入る手前で、後ろを振り返る。校門の外にギモが立って、不安そうにこちらを見ていた。

わたしたちは、彼に向かってうなずき、保護者の歓声《かんせい》が高まったところで、するりとすべり込むように校舎内へ入った。

卒業生であるタンシオの案内で廊下《ろうか》を進み、三階建ての校舎をいったん外へ抜けてから、中庭を渡って、左手奥の二階建ての建物へ近づいた。

第二校舎と呼ばれ、図書室や視聴覚室、理科実験室、図工室、音楽室など、特別な授業で用いられる教室が並んでいるという。

わたしたちは、第二校舎の玄関脇《げんかんわき》で息をひそめ、しばらく待った。人の気配はなく、なかへ進んで、一階北側の突き当たりにある理科実験室の引戸《ひきど》を引いた。

二クラス一緒に授業することが多いらしく、通常の教室二つ分の広さがある。班ごとに実験をするためだろう、六人掛け程度の大きなテーブルが三脚ずつ四列に並べられており、椅子《いす》はいまテーブルの上に、逆さ向きに置かれていた。

部屋の左右に窓があり、午後の光が右手の窓から斜《なな》めに差し込み、もとは簡素な教室を意味ありげな空間に浮かび上がらせている。

「やっぱりちょっと、うとるしゃね」

タンシオが、自分の腕《うで》を両手で撫でながら、沖縄《おきなわ》の言葉で、恐ろしいと言う。

「がんばって、みみくそ打ち払おう」

福岡の言葉で、さっぱりと片づけちゃおう、と、わたしは答えた。

それぞれスタジャンのポケットから包帯を出し、二手に分かれた。

教壇《きょうだん》の上に、試験管立てが置かれ、水の入っていない試験管が一本立ち、枯《か》れた野菊《のぎく》が一輪差してある。わたしは、試験管に包帯を巻き、野菊の茎《くき》にも巻いた。振り返って、黒板消しにも巻く。

実験用具を洗うための流しの前へ進み、五つある水道の蛇口《じゃぐち》全部に巻いて、包帯の端をわざと長く垂らした。蛇口の一つを開き、試《ため》しに水を流す。包帯の端が、流れに引き込まれ、白い水が蛇口から流れ出しているかのように見えた。

タンシオは、テーブルの上に置かれた椅子の脚のひとつに包帯の端を縛《しば》りつけ、ぐるっとほかの椅子をひとまとめにする形でテーブルを回って、最初の椅子の脚に戻り、もう一方の端を縛りつけた。

かなりの長さが必要なため、ワンロールがすぐになくなり、次々と包帯を出しては、各テーブル上の椅子を、一度に手当てする形で巻いていった。

作業をいったん終え、わたしたちは、ほかに巻くところはないかと見回し、後ろの壁ぎわに目をとめた。

濃紺《のうこん》の布をかぶせてある物体が、目立たない隅に置かれている。

わたしは、恐る恐る歩み寄り、布を外した。一瞬、驚いて息をつめたが、相手が動かないのを見て取って、タンシオと顔を見合わせて笑った。

その相手への作業を仕上げてから、携帯《けいたい》電話のカメラ機能で教室内の様子を撮影《さつえい》し、校門の外で待っているギモに送信する。

『一応、手当てしてみたよ。もし来られるようなら、来てごらん。』

あわせてメールも送ったが、迎《むか》えにはいかなかった。無理強《むりじ》いはできない。

わたしたちは、教室内の壁にもたれて腰を下ろし、静かに待った。

職員が見回りにくることも考え、三十分待って、彼が来なければ、包帯を外して帰ることにした。

ちょうど三十分が経った。仕方ないね、と、ため息をつき、わたしたちは腰を上げた。

外で物音がした。

戸をそっと開き、隙間から確認する。ギモがうつむいて立っていた。

どのくらい勇気が必要だったか、わたしたちにも少しは理解できる。

戸を開き、廊下に出て、彼の両側に寄《よ》り添《そ》うように立った。

「さあ、入って」と、タンシオが誘う。

ギモのからだがふるえているのが伝わる。

ようやく戸の内側に入ったところで、彼が足を止めた。これ以上は進めない、という意思を感じる。彼はまだ顔を上げられない。

「深呼吸をしたら」と、わたしは勧めた。

ギモは、少し迷ったのち、深く息を吸い、吐《は》くと同時に顔を上げた。

テーブル上の椅子がすべて包帯でまとめられているのを、彼が見る。

流しの蛇口が、ぐるぐるに包帯で巻かれているのを。

教壇の上の試験管や、黒板消しも見る。

彼が五年生のときだったという。実験の準備を手伝ってくれと、理科担当の男性教師に頼まれた。実験好きだった彼は、自分が選ばれたことを誇《ほこ》らしく思い、放課後に理科室へ入っていった。

試験管を洗うように言われ、彼がその通りすると、いきなり教師に後ろから抱きしめられた。びっくりしたが、試験管を落としてしまいそうで抵抗できなかった。教師は、彼のズボンのなかに手を入れ、彼の大事な場所をもてあそびはじめた。彼は、怖くて、声を出すこともできなかった。水の冷たさと、握った試験管が割れそうなことに、神経を集中しようとした。

どのくらい経ったか、ついに試験管を握りつぶしてしまい、ガラスの音が室内に響いた。瞬間、彼は解放された。「ばか野郎」とののしられ、強引《ごういん》に手を開かされた。幸いにかすり傷ですんだ。「きみが自分のミスで試験管を割り、切ったんだ。高価な試験管だから、すごいお金が必要だ。でも黙っててあげるから、きみも今日のことはだれにも言うな、いいね」と、暗い声で言われた。

ギモは、二度と理科室へ入れなくなった。理科の授業があるときは腹痛がして、保健室で休んだ。問題の教師は、翌年に転任していった。それでもギモは、理科室へ入れなかった。中学では理科の授業についていけず、進学高へ進むことをあきらめ、いまの商業高を選んだ。理系の授業はやはりさぼっているという。

彼の両親は、理髪店《りはってん》を経営し、つねに忙《いそが》しそうにしており、二人の兄は柔道《じゅうどう》と空手を習って、ひ弱な彼をばかにしているらしい。

家庭では、自分の被害を打ち明けられる雰囲気はなく、秘密を抱《かか》え込《こ》んだまま、ときおり思い出しては、死にたくなったり、学校へ復讐《ふくしゅう》に行こうかと、危うい妄《もう》想《そう》をふくらませたりすることがある、と語った。

だが、タンシオとのメールで、傷を受けた場所に包帯を巻いてもらうと、わずかでも気持ちが軽くなる可能性があることを知り、心が動いた。自分が男子を好きなのも、あのときのことが原因かどうかで苦しんでいたから、はっきりさせるためにも、包帯を巻いてほしい、と打ち明けた。

話を聞いて、わたしは、その教師は犯罪者だけど、同性を好きになるのはおかしいことじゃない、と答えた。プリコとの思い出もあり、とにかくギモの味方だよ、と告げ、理科室に包帯を巻きに行くことを約束したのだ。

いまギモは、黙って、部屋を見回している。教壇の上の試験管にも気づいたようだ。

「どう」と、タンシオがこわごわたずねる。

彼の抱える深い傷に、こうした形での手当てがきくのかどうか、かえって傷を深くしてしまうだけじゃないのか、わたしたちも不安だった。

ギモは、教壇に近づき、試験管を手に取った。包帯を巻いた部分に、指先でふれる。何も言わず試験管を戻し、流しの前に進んだ。

思いついたように蛇口を開く。水が流れだし、包帯が濡《ぬ》れて、水と一緒に流れてゆくように見える。その水を、彼が手に受ける。

しばらく濡れた包帯を手のひらで遊ばせたあと、彼は蛇口を閉め、手をズボンの尻《しり》の部分で拭《ふ》いた。つづいて首をめぐらし、教室の後ろの壁ぎわに目をとめた。

そこには、等身大の人体模型が置かれていた。わたしたちは、人体模型のからだ全体に包帯を巻いた。手も足も胴《どう》も巻いて、顔だけを出す形にしてある。

〈きみは、このくらい、いっぱい傷ついていたんだよ〉と告げたかった。

ギモは、静かに歩み寄り、しばらく模型を見つめていた。やがて、顎《あご》のあたりを拳《こぶし》でちょんと殴《なぐ》る真似《まね》をして、こちらを笑顔《えがお》で振り返った。

「ごやっけさー」

待ってるあいだに調べたらしい。ありがとう、って鹿児島《かごしま》の一地方の言葉を告げた。

7　結成

翌日の日曜日、昨日の冒険が嘘のように、わたしとタンシオは日常に戻って、朝から工場で、『食おん久遠』と『久遠ちゃん』の箱づめに没頭《ぼっとう》した。

ギモは昨日、学校を出たあと、わたしたちをカラオケに誘い、おごってくれたのはよかったけど、泣きながら何曲もバラードを（それも目を閉じて、シャツの胸もとなんか握っちゃったりして）歌いつづけたので、心底うんざりした。

今日、彼はもうけろりとして、配送のトラックの助手席に座り、県内各所へ商品を届けに回っている。

お中元シーズンが近づき、日曜でも工場はフル稼動《かどう》で、パートのおばさんが一人休んだため、わたしたちは休憩も満足にとらせてもらえなかった。

次々できあがるお菓子を包装のラインへ運ぶのは、けっこう腰に負担がくるし、防腐剤《ぼうふざい》のシートを入れて包装し終えた商品を箱につめる際、ビニールや箱の角で指を切ることもある。すべてが時間との勝負と言われ、「早く、早く、そんなことじゃ負けちゃうよ」と、主任さんにせかされる。

でも……わたしたちが負ける相手って、だれなんだろう。

本当のところはよくわからないけど、現実的には、「負けちゃうよ」と、おどされる競争の対象は、同僚《どうりょう》だった。わたしとタンシオ、互いの仕事量が比べられることもあるけど、たびたび競わされるのが、わたしたち高校生と、パートのおばさんたちのグループだ。

回収された賞味期限切れのお菓子を、分別して廃棄するとき、主任さんは時計を出し、わたしたちと、おばさんたちの、仕事にかかる時間を計る。だれかに何かで勝ちたくて、バイトを始めたわけじゃないのに……。

でも、「もたもたしてたら、やめてもらうよ」と言われると、仕方がない。しかも、おばさんたちは、わたしたちのように自由にできるお金がほしくて働いてるのじゃなく、家計と直結しているお金で、なかには一人で子どもを育てている女性もいるから、わたしたちが勝つと、すごい目でにらまれる。

負けてあげたいと思うこともある。だけど、何度も負けがつづくと、「いまの子は甘やかされてるから使えないよな」と主任さんが皮肉を言うし、「そんなことじゃあ、当分は時給も上げられないね」とも言われる。

　この日も、終業近くに、分別廃棄レースがおこなわれ、わたしたちは、おばさんたちより早くノルマを片づけたため、「こりゃ、どんどん高校生に切り替えるべきかな」と、主任さんが嫌《いや》みを言い、ひどく後味が悪かった。

　本当は仲良く働きたいのに、わたしたちとおばさんたちのあいだには溝《みぞ》ができ、更衣室でも話が交《か》わされることはなかった。

　わたしとタンシオは、タイムカードを押して、工場の外へ出たとき、ほとんど同時にため息をついた。従業員用の自転車置場へ、肩を落として歩きながら、

「もう、やめたいね」

　と、タンシオがぽつりと言った。

　仕事のしんどさなら我慢できる。けど、戦ってもいない者同士が、敵のようにされてしまうのには、気持ちが晴れない。

　でもいまやめたら、次のバイトが来るまで、残った人に負担をかけるし、「近頃の子はやっぱりだめね」とか、「どんな育て方をしたのか」なんて、うちらの親まで悪く言われる可能性があって、そんなの全然納得いかない。

わたしは、手首のあたりにかゆみをおぼえた。

まちがって包丁で切った傷は、もうかさぶたになり、最近よくかゆくなる。しぜんと手首にふれ、包帯のない虚《うつ》ろな感覚に、思いついたことを口にした。

「ねえ……包帯、巻いてみようか」

「え、どこか怪我したの」と、タンシオがわたしのからだを見回す。

「工場だよ。どこか、目立たないところでいいから……」

タンシオは、すぐにわたしの気持ちを共有してくれて、周囲を探し、

「あれは、どう」

と、工場の明り取りの窓をおおった鉄製の格子《こうし》を指さした。

包帯は、ギモの学校で巻いた残りが、リュックにしまったままになっている。

わたしたちは、敷地内の隅に身を寄せ、帰っていく人たちを見送ってから、工場の窓の下まで進んだ。

リュックのなかの筆箱に、小さなハサミが入っている。包帯を十センチほどの長さに切り、鉄格子に巻き、蝶結びにした。少し離れて、包帯のある風景を確認する。

二人そろって、ささやかに、胸の奥から息を吐き出した。

錯覚《さっかく》かもしれない。でも、さっきまでのいらだちが薄れ、心が少し軽くなる。

「シオ……わたしたち、バイトのいろいろで、やっぱり傷ついてたんだよ」

心の内の風景と、外の景色は、つながっている……そう直感的に思ったときと同じで、わたしは、包帯を巻いて心が軽くなるのは、傷が治ったわけじゃなく、〈わたしは、ここで傷を受けたんだ〉って、自覚できたことと、自分以外の人からも、〈それは傷だよ〉って、認めてもらえたことで、ほっとするんじゃないかと思った。

「名前がつけられたんだよ、シオ。気持ちが沈むようなこと、納得いかないこと、やりきれないなぁって、もやもやしたこと。その気持ちに、包帯を巻くことで、名前がつけられたんだよ、〈傷〉だって。傷を受けたら、痛いしさ、だれでもへこむの、当たり前だよ。でも、傷だからさ、手当てをしたら、少しずつ痛みもおさまって、いつかは治っていくんじゃない」

タンシオが笑った。黙って、わたしの肩に手を回す。ぬくもりが伝わってくる。

そのとき、背後から足音が聞こえた。

「ワラさん、シオさん」

配送の仕事を終えたのか、私服に着替えたギモが駆《か》け寄ってくる。

「ちょうどよかった、ちょっといいですか。聞いてほしい話があるんですよ」

わたしたちはそろって顔をしかめた。演歌調のバラードを聴かされるのは、もうごめんだ。

「違いますよ。例の、包帯の話なんです、お願いします」

帰る道々、ギモから聞かされたのは、彼のいとこだという十九歳の少年と、彼の隣の家に暮らす、わたしたちより一つ年下の少女の話だった。

いとこの少年は、一年前から市内の建設会社で働いていた。だが今年の春、突然会社をやめ、両親と暮らすマンションの部屋で、一日中ずっと過ごすようになった。ギモの両親が、少年の両親から相談されてわかったという。

ギモの父や兄たちの説得も実らず、少年はいまも働くことなく、マンションからほとんど出ないらしい。

「会社内の人間関係で、いやなことがあったらしいです。やっぱマッチョ風の人が多い職場だし、もともと気が優《やさ》しい性格だから、ちょっとしたことでも傷つきやすくて、もういいや、って思ったみたいです」

その話は、いまわたしたちが工場で経験したこととも似ており、くわしい事情はわからないけど、なんとなく理解できる気がした。

「隣の家の女の子は、東地区の神社の前に住んでる友だちのところへ遊びにいってて、その帰り道、露出狂《ろしゅつきょう》のおやじに出くわしたんです。びっくりして逃げるとき、胸もさわられたそうです。ナイフで切られたわけでもないし、目に見える傷は残ってないけど、純真な子だから、相当ショックだったみたいで、いまも一人では家から出られないんです」

春の神楽舞《かぐらま》いで知られる神社の近くに出没する痴漢《ちかん》の話は、うちの学校でも話題になり、何人かが被害にあったらしく、気をつけるようにと、たびたび朝礼のときに話があった。

「でも、あの犯人、このあいだ捕まったんじゃなかったっけ」

と、タンシオがわたしを見る。確かにそうだ。

「犯人が捕まっても、彼女、だめらしいんです。人を怖がってるらしくて」

そんな重たい傷を負った子に対して、わたしたちに何ができるだろう。

神社近くのどこかに包帯を巻いて、彼女にそれを見せたところで、受けた被害が解消されるとは思えない。わたしはそう言った。タンシオも同感だと言う。

「でも、何かしてやりたいんです。そりゃ、されたことが消えてなくなるわけじゃないけど、傷を受けた場所に包帯を巻いてもらったら、彼女、ちょっとは違ってくるかもしれない。少なくともぼくは、そうだったし」

わたしは、タンシオと顔を見合わせた。

人が受けた深い傷に、わたしたちができることは、ほとんどないように思う。でも、相手の沈む心を想いながら包帯を巻くことで、〈それは傷だと思うよ〉と名前をつけ、〈その傷は痛いでしょ〉と、いたわりを伝えることはできるかもしれない。

どれだけの慰《なぐさ》めになるかはわからない。

でも、相手が心のなかに抱えている風景が、血まみれの寒々しい廃墟《はいきょ》のようなものだとすれば、そこに純白の包帯を置くことで、風景が変わって見えることもあるんじゃないだろうか……。

「そうだね……何もしないより、まず、やってみようか」と、わたしは言った。

「だったらさ、わたしもほかに、助けてあげたい子がいるんだけど」

と、タンシオが言った。ギモも、まだいますと言う。

メル友連中に報告したら、何人かから、うらやましがられたという話だった。

「そんなに言いふらしたら、大変だよ。かたいもないよ」と、わたしは答えた。

かたいもない、は新潟《にいがた》のある地方で、無理だよって意味で使われている言葉だ。

「ギモに、すけっこさせれば、どう。なんなら、もう少し仲間を増やしてもいいしさ」と、タンシオが言う。

すけっこは、栃木《とちぎ》や千葉の一地方で、手伝うという意味で使われている。

ギモも、よくわからないくせに、「すけっこします」と言った。

「だったらさ、ワラ、いっそのこと、前みたいにクラブにしよっか」

タンシオが思いついたように言い、わたしは驚いた。同じことを思ったところだったからだ。

『方言クラブ』も、初めはこんなノリだった。いまはメンバーもばらばらだけど、その代わりにというか、新しい形のものを始めてもいいかもしれない。

「……じゃあ、『包帯クラブ』ってことになるかなぁ」

わたしは、思いつくままつぶやいた。

いろんなことで傷ついている人がいる。その傷を受けた場所へ行き、包帯を巻く……。どんな意味があるかなんてわからないけど、それでほっとする人が、一人でもいたら、充分《じゅうぶん》なんじゃないかなっていう想いが、この時点ではあった。

「へえ、『包帯クラブ』か……いいかもね。じゃあ、部長は発明者のワラだ」

タンシオが言い、ギモがうなずいた。

「え、待って。わたしじゃないよ」

「どうして。最初にワラが、わたしのためにブランコに巻いてくれたんじゃない。部長にでも何にでもなる権利があるよ」

そうか……そうだね、発明者は、やっぱり何かの権利みたいなものがある気がする。

「会って、話すしかないかな……」

内々でやるクラブだし、お金もうけをするわけでもないから、黙っていてもいいようなものだけど、盗《と》ったって思われるのも、なんだか癪《しゃく》な相手だった。

8
溝

月曜日、一日の授業の終わりのホームルームで、担任から進路に関するアンケート用紙を渡されたあと、わたしは近くの総合病院へ出かけた。

一人だった。タンシオは、共働きの両親から、出た学校による給料の差を愚痴《ぐち》られ、少しでもよい大学へ行っておくようにと、春から月水金は進学塾《じゆく》へ通っている。ギモは、彼の学校がうちらのとこから離れていたし、わたし自身、相手と一対一で話をつけたかった。

正直、気乗りはしなかった。タンシオも、「放っておいていいんじゃない」と言った。だけど、話をちゃんとつけておかないと、気持ちがおさまらなかった。

病院へ着き、内科の入院病棟を訪ねた。

相手の名乗った「いでのたつや」を、病室の外に掲《かか》げられた名札に探してゆく。会ったら、何から話そう、どう切り出そう、と迷いながら、端から端まで確認したが、そんな名前はどこにもなかった。

聞き間違いの可能性を考え、男性の名前が出ている部屋を、見舞い客のふりをして、それとなく見て回った。やはりいなかった。

もしかしたらと、階段を駆け上がり、病院の屋上へ昇ってみた。灰色の作業着姿の男性が二人、病院内で何かの修理でもあったのか、壁にもたれて煙草《たばこ》を吸っている。ベンチでは、入院着姿の老婦人と、彼女の見舞いに訪れたらしい若い女性が二人、一緒に腰掛けて話をしていた。

ほかに人の姿はなく、気負《きお》い込んで訪ねてきただけに、ため息とともに力が抜けてゆく。

会う約束をしたわけでもなく、時間が経っているから、退院しているほうがしぜんで、退院したなら喜んであげるべきなのに……なんだよ、「また来てやー」って妙な関西弁で言ったくせに、と相手に対し、すねたような軽い腹立ちをおぼえる。

すぐに動きだす気力もわかず、人のいない隅のほうへ移動し、黒いシミがどくろに似た形に浮き出ている壁にもたれた。太陽は出ていたけど、うっすらと暗い雲が全体をおおい、心まで翳《かげ》ってくるような空模様だ。

ふと、反対側の隅っこにいる作業着姿の男性二人の視線を感じた。見んじゃねーよ、って言いたくても言えないし、何をしに来たのかと、不審《ふしん》に思われるのもいやで、鞄から進路のアンケート用紙を出し、読むふりをした。

アンケートでは、志望する大学がたずねられ、大学へ行かないなら、専門学校へ行くのか、就職するつもりか、家業を継ぐ気か、まだ家族と話し合っていないのか、と印をつける答えが並んでいる。その他、という答えもある。実際には書かれていないけど、フリーターでもいいと思っているのか、それとも、生きる気力さえ失っているのか……と、問われている気がした。

アンケートによって、夏休み以降の選択《せんたく》授業に変更が生じ、同じクラスでも、受ける授業がばらばらになる。三年になれば、完全にクラスが分けられ、進路の違う者たちが、少なくとも日常的に隣り合って話したり、笑ったり、くやしがったりすることはなくなる。

背中のあたりに風が吹き込むような、寂しい想いでからだが固くなるのは、中学時代のことが思い出されたからだ。

中学三年のときも、似たようなアンケートを求められ、クラスが同じでも、進路次第で、日を追うごとにそれぞれのグループに分かれていった。

偏差値《へんさち》の高い進学校へ進む生徒と、通常の授業にもついていけない生徒では、教師たちの対応も変わり、一方は軽い優越感《ゆうえつかん》、一方は重たい劣等感《れっとうかん》を、いやおうなく日々の言動ににじませて、まるで将来も、分けられたグループの形のままであることが決まったかのような、〈階層分け〉の雰囲気にさえなった。

そのため、体育祭や文化祭、卒業式、そのあとの謝恩会など、クラスが一致《いっち》して取り組む行事についても、気持ちがそろわず、話し合うこともできなくなった。

仲が良かったテンポとリスキとも、次第に集まることが減ってゆき、むしろ、心を開き合うには時間が必要かなと思っていたタンシオとの結びつきが強くなったのも、こうした〈階層分け〉の時期を通過したことによってだった。

テンポは、「メジャー」と呼ばれていた進学グループの連中と過ごすことが増えた。リスキは、「マイナー」と呼ばれていた、成績が上がらなかったり、素行がよくなかったりする連中といるのを好む様子に見えた。

わたしやタンシオは、成績が中ごろだったから、両方のグループと話が通じ、卒業前にクラスをもう一度まとめたくて、卒業式のあとに開くパーティーを企画《きかく》し、テンポとリスキに両グループの幹事を頼んだ。

だけど、彼女たちは互いに牽制《けんせい》し合い、テンポがつい、

「リスキはいいけど、ほかの子たちは実際何を考えてるか、よくわからないから怖い」

と言ったため、リスキがかっとして言い返した。

「ちょっと勉強ができるくらいで偉《えら》そうに。何考えてるかわかんないのは、そっちだろ」

なんでそんなこと言い合うの……。わたしは悲しくてならなかった。

このあいだまで一緒に方言を使い、秘密もわかち合っていたのに、なぜ「何を考えているかわからない」なんて言うようになったの。

人が急に変わるはずないし、考えたり感じたりすることに、大きな差があるわけもないのに、どうして突然、わずかな違いを強調したり、相手と距離《きょり》を置くことに、かたくなになってしまうの。

リスキは別れぎわ、テンポに向かって、「あんたたちには負けないから」と言い放った。

リスキ、何に負けないの。どんな戦いを、わたしたちがしていると言うの。一緒にいるはずのみんなが、なぜ、ばらばらになっちゃうの。だれが、そんなことを求めてるの。だめだよ、わたしたちいつまでも一緒にいなきゃ……。思いはつのったけど、わたしはうまく言葉にできず、テンポとリスキは以後、口をきかなくなった。

そして、わたしたちも、しぜんとあの二人と連絡《れんらく》を取り合わなくなっている。これから先も、もっと小さなグループ、さらに小さな集まりへって、ばらばらにされていくのかな。

違うグループの子たちが、お互いに話し合うことも、理解し合うことも、肩を組んで一緒に行動することも、どんどんなくなっていくのかな……。

なんだか急に泣きたくなった。わあわあ、声を上げそうになり、奥歯をかみしめた。

すると、ベンチのところから、急に泣き声が聞こえた。老婦人が、顔を押さえて立ち上がり、両脇の女性がそれを支えて、ゆっくり屋上から去ってゆく。

病気の不安か、家族への感謝など、彼女たちの事情だろう。でも、あまりに夕イミングが合っていたため、わたしやわたしの友人たちの悲しみを、彼女たちがくみとって、一緒に泣いてくれたのかもしれない、という錯覚をいだいた。

そして、例の「いでのたつや」が、屋上に巻いた包帯のことを思い出した。ベンチのところを確かめる。何もなかった。

それはそうだろう。あんなものが巻いてあったら、病院側がすぐに外すはずだ。目で周囲を探したが、落ちてもいなかった。

金網のフェンスのほうへも視線を上げた。確かあのあたりだった、と思う先では、作業着姿の男性二人が、いまも煙草を吸いつづけている。

そのとき、彼らが、人をあざけるような笑い声を発し、一人が金網を指さして、もう一人がその場所へ煙《けむり》を吹きつけた。そこには、三十センチほどの長さの、灰色に汚《よご》れた布が垂れ下がっていた。指さした男も、煙を布に吹きつける。

灰色の布は、確かにあのとき「いでのたつや」が巻いた包帯に違いなかった。

吹きつけられた煙で、さらにどす黒く変色してゆくように見える。

涙で目がかすんでいたせいかもしれない。男たちの顔は、目も鼻もなく、煙を吸って吐くための不必要に大きい口だけが、ぽっかりと開いているように見えた。

そして、吐いていたのも煙草の煙ではなく、もっともっと毒性の強い物質でできた黒煙だという気がした。

彼らは、一瞬わたしのほうへ薄笑いを送ってよこし、屋上から立ち去った。

黒煙は、包帯のあるあたりから立ちのぼり、以前わたしの包帯が空へ運ばれたように、金網のあいだをすり抜け、暗い空の色と重なった。

どこへ消えたかわからなくなったが、本当は消えたわけじゃなく、動かない雲に吸い込まれ、ひとつにつながったのかもしれない。

さっきのノッペラボウの男たちが、毒をふくんだ黒煙で、町をおおいつくす雲を造り出しているという、妖《あや》しい空想が頭のなかに浮かんだ。

いや、逆に黒い雲のほうが主人で、あの男たちを使い、「いでのたつや」すなわちディノが巻いた包帯を、嘲笑《ちようしよう》しながら汚《けが》したように、この世界にわずかに残っている、清いもの、優しいもの、人と人とを結びつける美しい何かを、汚して回っているというイメージがつづけて湧《わ》いた。

ばかげた考えだとわかっている。たぶん、友だちのことで感傷的になっていたから、自分たちがばらばらになったのは、だれかのせいなんだと思い込みたくて、突飛な空想に結びついたのだろう。

でも、これが、わたしたちから大切なものを持ち去ってゆく相手がいるという、その存在を、わずかながらでも意識した、最初のときだったかもしれない。

ともかく、わたしは金網に垂れ下がった包帯のもとへ駆け寄った。

ディノの巻いた包帯は、しおれた花のように、地に墜《お》ちた鳥のように、張りを失い、黒ずんで、金網にかろうじて引っ掛かっている状態だった。

でもこれは、確かにここにディノがいた証拠《しょうこ》であり、傷を受けた場所に包帯を巻けば、わずかでも心が軽くなり、ほっと息がつけることを見せてくれた証だった。

わたしは、金網から包帯をほどき、手のなかに握りしめた。

太陽を翳らせる巨大な幕のような雲に背中を向け、内科の入院棟へ戻った。

ナース・ステーションで、ディノの名前を出し、彼に借りたものがある、退院したようだが、手もとに預かったままだから、連絡先を教えてもらえないか、と頼んだ。

「いでのたつや？」

話を聞いた女性看護師は、眉間《みけん》に皺《しわ》を寄せ、後ろを振り返った。

同年代の男性看護師が、ほら、あの、変わり者の坊《ぼっ》ちゃんだろ、と彼女に向かって苦笑を浮かべた。

「ああ、北地区の高校生なのに、ってやつ……」と、女性看護師がうなずいた。わたしと会ったとき、ディノは、外国の子どもたちの写真をあちこち貼った妙なパジャマを着ていた。もちろん言動も怪しい、つーか明らかに変だった。看護師たちのあいだでも、やはり問題児扱《あつか》いだったのかもしれない。

おかげで、彼の居場所も簡単にわかるだろうと思ったが、女性看護師は職業的な笑みを浮かべ、個人情報は教えられない規則だと言った。預かり物は、下の受付に渡しておけば、いでの君から連絡があったとき、返せるかたちにしておいてくれるだろうという。

言葉を重ねて粘《ねば》ってみたが、規則は規則だからと、どうしても教えてもらえない。

それでも、さっきの看護師同士の会話から、彼が通っている高校はわかった。

北地区に高校はひとつしかない。テンポが通っている進学高だ。

【ギモ報告】

おつかれさまです、柳元紳一、もといギモです。いまお店でこのメールを打ってます。ワラさん、シオさん、先日は開店祝いのパーティーに出席、ありがとうございました。お店はその後も順調で、なんだかＮＧＯやＮＰＯの人たちの、溜《た》まり場……いやいや、楽しい社交場のようになり、口コミやネットで海外にも評判が広がりはじめてるらしく、ここなら安いホテルや仕事や、一緒に何かをできる仲間を見つけられるってことで、空港から直接来てくれる外国のお客さんも増えています。

あ、いま、中央アジアで地雷除去《じらいじょきょ》と被害者の支援活動をおこなっているスイス人男性が、カウンターの奥に飾《かざ》ってある写真を指さし、「これは何」と聞いています。

彼は、脳の電気信号で自在に動く義手・義足を開発、製造している会社を訪ね、地雷で手足を失った被害者に対する協力を求めるために、来日したそうです。うちに連絡網《れんらくもう》がありますよ、と教えてあげました。この男性、タイプだし。(冗談《じょうだん》っす)

さて、彼が指さした写真は、開店のとき、二人にも見せましたよね。あの当時、携帯に送られてきた写真を、プリントアウトして、引き伸ばしたものです。

包帯でぐるぐる巻きにされた人体模型……。この写真は、生涯《しょうがい》のお守りです。

ワラさん、いま海外ですか。帰ったら店に寄ってください。あの頃よりさらに磨《みが》きをかけた演歌調バラード、ねっとり聴かせて、いやしてあげますよ。以上、ギモでした。

9　再会

翌日の放課後、わたしとタンシオは、授業が終わってすぐに自転車で北地区の進学高へ走った。十五分ほどで、片道二車線の広い道路をはさんだ向かい側に、病院にも似た、白い清潔な校舎が見えてきた。

市内はもちろん県内でも有数のエリート校で、地元の政治家とか社長さんとかお医者さんとかの母校のせいか、何度もきれいに建て替えられたり、増築されたり、塗り替えられたりしている。

ちなみにうちらの学校は、創立以来建て替えも増改築もなく、壁は黒ずみ、そこここにひび割れがみられる。いたるところに格差って存在するわけで、しかもたいていうちらと関係ない場所と人とで決められている。

その進学高は、授業が終わって間もない様子で、何人かが自転車で飛び出していったり、走って出てきたりするほかは、下校する生徒はまだ多くなかった。

「ここで、じっと待つの？」

タンシオが、ふうふう、あったかそうな息を切らせながら言った。

「ワラさぁ、制服姿で、こんなところにじっとしてたら、マイナー高の女子が、メジャー高の男子に告白《こく》りに来たって疑われちゃうよ」

それは癪《しゃく》にさわる。周囲を探すと、道の並びにドーナツの店があった。

「あそこへ入ろう」

わたしは、店の前に自転車を駐《と》め、しばらくだれも校門から出てきそうにないのを見定めてから店内へ入り、素早く窓ぎわの席に着いた。向かいの校門から少し奥のほうまでよく見える。

追ってきたタンシオに、ほとんどホットミルクじゃねぇ、って感じのカフェオレと、一番オーソドックスな、てか、一番安いドーナツの注文を頼んだ。

「もう帰った可能性もあるんじゃないの」

タンシオが、二人分のドーナツとカフェオレを運んできながら言う。

「せっかく来たんだから、しばらく待とう」

わたしは、お金を彼女に渡し、視線は校門に向けたままでいた。

タンシオは、求める相手の顔を知らない。そのため、テクノ系だった髪型と、濃い眉の下の目に力があったこと、なめらかな印象で盛り上がった鼻、そして大きめの口とが、わりと繊細《せんさい》なバランスで形造られていたことを話した。

タンシオが、何よそれ、と声を高くした。

「そこまで、ここから見えるわけないでしょ。ひと目でわかる特徴《とくちょう》を言ってよ」

「じゃあ、シオがさ、好みかもしれないって思ったら、全部教えて」

「そんな、いい男なの」

「背と鼻が高めで、髪型が野暮《やぼ》くなくて、眼鏡《めがね》を掛けてなきゃ、あれよくない？」って、たいてい言うじゃん」

無言の平手打ちが、肩に飛んできた。彼氏と別れて間がないためか、タンシオの手には、冗談で打つときよりもやや強い力がこもっていた。

下校する生徒が増えてきた。道いっぱいに広がり、もつれ合い、よじれ合い、斜めに前後に行き来する。そこから、まず男子をよりわけ、さらにたった一度しか会っていない相手を捜《さが》し出すのは、思っていた以上に根気が必要だった。

多くの生徒が目の先を通り過ぎてもなお、記憶と重なる人物は見つからず、「ワラ、やっぱりさぁ、あの子に連絡とって、聞いたほうがいいんじゃないの」

さすがに無理と思ったのか、タンシオが頰杖《ほおづえ》をついて、つぶやくように言った。

わたしも、心はタンシオと同じところに沈んで、ゆらゆらと迷いの波に揺れている。

小学、中学と同じ時間を過ごし、大の親友と思っていた相手に、一年以上も連絡をとらずにいて、いきなり「聞きたいことがあるんだけど」と、液晶《えきしよう》の画面だけで申し出るのは、あまりに失礼なやり方に思えた。

でも、電話を掛けて、何と言えばいいんだろう。前と同じように話せるだろうか、相手は怒ってないか、まだ友だちと思ってくれているだろうか、ずっと連絡しなかったことを謝るべきか、けどそれもお互い様だし……。

うじうじ悩むうち、気疲れして、いいや、もう……学校の前でディノが出てくるのを、何日でも待つほうが、よほど楽だと思ってしまった。

ここに来る前、タンシオにそれを話すと、つらそうな表情で、「仕方ないかもね」と答え、今日は進学塾もないため、こうして一緒についてきてくれたのだ。

どうしちゃったんだろう、わたし。あんなに毎日、学校で話して、そんだけじゃ足んなくて、帰宅してからもずっと電話で話したり、メールし合ったりしていた子に、たった一度、電話を掛けることさえ、苦痛に思うだなんて……。

「あ。ワラ」

タンシオが一方を指さす。その先に、下校してくるほかの女生徒より、頭ひとつぶん上に出た、見覚えのある女の子の姿があった。

小学校三年のときに初めて会ったときから、身長が高く、学校の裏庭の花壇《かだん》にみんなで作ったトーテムポールの顔が、切れ長の目をした彼女と似ていたこともあり、以来、本橋阿花里《もとはしあかり》はテムポ、でも発音しにくいので、テンポと呼ばれるようになった。

テンポは、険しい表情の顔をつんと起こし、集団からいち早く抜け出そうというように、あるいは、自分がこの集団の一員に見られることを恥じるかのように、大股《おおまた》で歩き、どこか近寄りがたい印象があった。

たまたま友人とはしゃいでいた女生徒が、テンポの進路をふさぐ形で肩にぶつかった。女生徒の声は聞こえないが、ごめんなさいと頭を下げたのに、テンポはそのまま過ぎ去り、校門から出ていった。

「いいの?」と、タンシオがこちらを気づかうような優しい声で言う。

いま走っていけば、テンポに追いつくこともできそうだ。でも、動けなかった。離ればなれになってから、彼女とわたしとのあいだの地面に亀裂《きれつ》が走り、日に日に広がっていたらしく、いま実際に彼女を見て、前以上にわたしの生きている時間や場所と、彼女のそれとのあいだに、広くて深い溝ができている気がした。

タンシオもそれを感じ取ったのか、ぽつりと言った。

「テンポ、なんだか顔がきつくなった気がするね」

やがて、下校する生徒の波は途切れた。

部活が終わった頃に、次の波が訪れるだろうけど、夕暮れが迫《せま》り、校門の前を通る人の顔も、水に溶かした墨《すみ》をさっと一掃《ひとは》きしたように、目鼻だちが灰色の向こうにぼかされた。

一度見ただけの相手を見きわめる自信はもうなく、おかわり無料のカフェオレを三杯《ばい》、やけ飲みしてから帰路についた。

この世に偶然《ぐうぜん》なんてない、すべて理由があって起きているって話を、テレビや雑誌で見たり読んだりした。つまり、わたしの行為すべてが必然だってことで、まるで二十四時間、だれかに見張られてるみたいで息がつまる。

けど、不思議なくらい偶然が重なって、神様がいたずらを仕掛けてんのかな、と思うことは、これまでも何度かあった。できれば楽しいいたずらがいいけど、ときには胸の痛むものもある……。

北地区の進学高から、南地区の団地、もとい、マンションまで帰る道すじは、まっすぐ市内を横切ることになった。東地区に暮らすタンシオと途中で別れ、わたしは一人で中央地区の繁華街《はんかがい》を抜けていた。

表通りは、勤め帰りの人や車で混雑していたため、裏道を選んだ。飲食店が並ぶ通りの奥に、不良の溜まり場と言われている、パンク系のクラブやレゲエ・クラブ、欧米《おうべい》の古着やグッズを集めた店などが並ぶ一郭がある。

わたしは憧れながら、一度もそのあたりをゆっくり歩いたことがなく、このときもただ自転車のスピードをゆるめるだけで、通り過ぎようとした。

デザインも色も派手な服に、まばゆいアクセサリーと、ピアスに、タトゥー。髪も変わった形に切ったり立てたり、金色や赤や熱帯魚みたいに染めたりしている、おにーさん、おねーさんたちが、少しずつ集まりはじめていた。

そのとき、地下のレゲエ・クラブから、同じ年頃の女の子が階段を昇ってくるところが、目に飛び込んできた。

やせた小柄《こがら》な女の子で、金色に染めた髪を短く刈《か》り上《あ》げ、何カ所か擦《す》り切《き》れて穴があいた感じに仕上げられたデニムパンツに、どくろデザインのタンクトップ、半袖の革《かわ》ジャン、という格好だった。

わたしは、相手に見とれるうち、激しいクラクションを正面からあびせられた。危うくタクシーとぶつかるところだった。あわあわ、バランスを崩して転げそうになり、どうにか自転車を下りて端によけ、タクシーを見送る……と、レゲエ・クラブの前からこちらを見ている女の子と目が合った。

リスキ。心のなかでつぶやく。

本名は芦沢律希《あしざわりつき》。初めて会った中一の頃は、おとなしい女の子だった。それを甘く見た男子たちが、外見のことでからかったり、ちょっとのまちがいをはやしたてたりして、ある日の図工の時間、彼女の版画に勝手ないたずら書きまで彫《ほ》り込《こ》んだ。ついに爆発した彼女が、彫刻刀《ちょうこくとう》を彼らに向けたところを、教師に見つかり、彼女だけが注意を受けた。わたしとテンポが、彼女は悪くない、と職員室へ掛け合いに行ったことが、親友になるきっかけだった。

以来、彼女は、危険という意味のリスキーが、本名と重ねて呼ばれるようになり、男子たちも手を出さなくなった。彼女自身も、それがもともとの性格だったのか、あだ名どおり、悪ぶった言動を表に出すようになった。

でも、中学卒業の頃は、髪はまだ黒くて肩まであり、デニムに穴はあいていなかった。Tシャツのデザインも、ピースサインという印象だったのに……。

リスキの表情に変化はない。でも、こちらを見つめたまま、視線を動かさないから、わたしに気づいたのは間違いなかった。

でも、こんなところで何を話せるのか。突然のことで言葉が浮かばない。黙ってじっと立っていることにも、胸が苦しくなる。

わたしは、急いでいるふりをして自転車のペダルに足をかけた。すぐに、バカ何やってんのよ、って思い直し、リスキ、いまでも友だちだと思ってるよ、って伝えるため、彼女のほうへ、ほんの少し手を挙げた。

でも彼女は、ちょうど男の人に声をかけられ、顔をそむけたところだった。

わたしの手は、むなしく肩の上でしなび、ハンドルの上に落ちた。

団地に戻って、何も考えないようにして夕食の準備を進めた。肉と野菜を炒《いた》めていたとき、誤ってフライパンのふちに素手でふれてしまい、軽い火傷《やけど》をした。小さな水ぶくれのできた右手の人差指と中指を冷やしながら、罰《ばつ》だと思った。

翌日、右手の指二本に巻いたばんそーこーを、クラスメートに問われ、

「大人の火遊びさ」

と答えた。タンシオには、ただの火傷と答え、リスキのことは黙っていた。

「今日もテンポの高校へ行くの?」

と、タンシオに訊かれ、迷っているうち、昼食の時間、ギモから連絡があった。彼の友人の何人かが、北地区の進学高へ通っており、「いでのたつや」を知らないかと、メールで問い合わせてくれたらしい。早速《さっそく》返事があり、それぞれ何らかの形で、ディノのことを知っていたというから、よほど有名人なのだろう。

井出埜辰耶《いでのたつや》は、わたしよりひとつ年上だが、留年していまも高校二年だという。

雪の降る校庭をパンツひとつで走り回ったり、腐《くさ》った生ゴミを制服のポケットに入れて登校してきたり、目を黒い布で隠して授業を受けようとしたり、昼食の時間に売店で一万円を出して、買えるだけのパンを買い占《し》めたり、昼食のおりに

配られる薬缶《やかん》のお茶を泥水《どろみず》に換え、クラスメートに飲ませようとしたり……などなど、奇妙なエピソードがいくつもある。

おかしな行動をとるようになったのは去年、二年になってすぐで、学校側からは何度も注意され、薬缶の泥水の件では、停学処分も受けたという。

ただし、学業に関しては優秀で、一年のときは全国でもかなりの上位にランクされたらしい。出席日数が足りずに留年が決まり、少しはおとなしくなるかと思われていたが、先月、自宅の庭にテントを張って断食《だんじき》をおこない、周囲がいくら説得をしてもきかず、ついに倒《たお》れて病院へ運ばれた。

病院の医師の一人が、情報をくれた生徒の父親で、まず間違いない話らしい。とすれば……ちょうどわたしが彼と会った時期と重なる。

『いまは、どうしてる。学校に通ってるの？』

メールで、ギモにたずねた。

病院は退院したようだが、不登校だと返事があった。

じゃあ、彼の住所はわかる？　と重ねて訊いた。わかりますけど……と、ギモのためらいが伝えられた。一緒にメールを読んでいたタンシオも、住所なんて知って、まさか会いにいく気じゃないでしょうね、と、わたしに言う。

「もちろん会うよ。そのためにいろいろ苦労してたんじゃない」

「だって、ひどい野郎みたいだよ。そんなやつと会って、大丈夫なの」

「病院での印象だと、変わっちゃいたけど、そんな悪いやつに思えなかった」

「パンを買い占めたり、泥水飲まそうとしたり、えらく悪いじゃない」

タンシオの言うことはわかる。でも、彼と会ったときの感触から……って、あやふやな、勘みたいなものなんだけど、たとえ表面的にはいやがらせのように見えても、本当の動機に、他人への攻撃性はないんじゃないかって気がした。

「ともかく本人かどうかだけでも確かめてくるよ。危なそうだったら、すぐ帰ってくるから」

わたしは、ギモに住所を教わり、タンシオが明日なら一緒に行けるよ、と言うのを、大丈夫だからと断り、放課後に一人で出かけた。

ディノの家は、北地区の西寄り、戦火にも焼け残った大きな家が建ち並ぶ、クオン・ヒルズ、と陰《かげ》で呼ばれている高級住宅地内にあった。

戦前からの地主や投資家、貸しビル業や金融業《きんゆうぎょう》などのオーナー、開業医に弁護士に県会議員などなど……昔から、べつに何もモノは作らないんだけど、名士やお金持ちだった人の家が、いまは子どもに代替わりしても、多くの家が同じ職業、ほぼ同じ地位に就《つ》いて、同様の暮らしぶりをつづけてるっていう話だった。

住居表示を探すうち、周囲と比べて特別大きくはないけれど、わたしの団地のワンフロアくらいの敷地はありそうな、古い門構えの家の表札に、『井出埜』と書かれ（てーか、大理石に彫られ）ているのを見つけた。

ギモ情報によると、井出埜辰耶の父親は、わたしの母が勤めている精密機器メーカーの東京本社の幹部で、久遠工場の管理にもあたっているらしい。つまり、めっちゃ母親の上司なわけだけど、わたしは気にしないつもりでいた。なのに、こうして家の格差を見せつけられると、頭から塩でもまかれた気分になる。

石造りの立派な門柱に、カメラ付きインターホンが取り付けられている。地味な制服に、下はジャージをはいてる一女子高生が、ボタンを押して、訪問を告げる勇気はなかなか湧かない。やっぱりタンシオと出直そうか……。

気持ちが引きかけたとき、険しい顔で下校していったテンポの冷たい姿勢と、リスキの感情をこめずにこちらを見返してきた目が、心に浮かび、弱気の虫の背中を押した。

「あの、こんにちは。井出埜辰耶さん、いらっしゃいますか」

インターホンを押し、女性の声で返事があってすぐ、早口で切り出した。

相手は、家政婦の人だろうか、ええ、あの、と何か言い迷っている様子だった。

わたしは、自分の名前を告げて、

「辰耶さんとは、病院でお会いして、あるものをお借りしたんです。それをお返しに上がったんですけれど、お目にかかれますか」

自分でも驚くくらい、言葉がすらすら出てきて、背すじのあたりがむずがゆかった。

「あー、いるいる。ちょっと待って」

受話器を横手から奪《うば》ったような音につづき、若い男の声が聞こえた。

ほどなく、重厚そうな木の門扉《もんぴ》の脇の、通用口らしい木戸が勢いよく開かれ、スポーツウェア姿の少年が飛び出してきた。

「あ、やっぱりきみか」

見覚えのある笑みを浮かべた相手は、髪をスキンヘッドに剃《そ》り上《あ》げていた。

10　共振

ディノは、わたしにちょっと待っててくれと言い、いったん家のなかへ戻り、小脇に何やら抱えて、ふたたび出てきた。

家政婦らしい中年の女性が、あとから追ってきて、

「おうちにいていただかないと困ります。わたしが叱《しか》られてしまいます」

と、涙声で言った。

ディノは、わたしの肘《ひじ》を取って走りだし、後ろを振り返って、

「知らないうちに消えたって言えばいいよ。おれも、あとで自分で言うからさ」

と答え、わたしの前に出て、川のある方角へまっすぐ走ってゆく。

急のことに戸惑《とまど》いながら、仕方なくわたしも走った。

「ちょっと待って。どこへ行く気」

彼は答えず、市のやや北西寄りを流れる神栖川（もとは鬼栖川ってことは話したよね）に沿った道に出ると、今度は上流に向かってのぼってゆく。

やがて、土手の堤《つつみ》を切って川原へ下りる階段が設けられた場所に着いたところで、彼はスピードをゆるめた。

「いいところに来てくれたよ」

と、笑顔で振り返り、「退院して、親に謹慎《きんしん》してろって言われてさ。べつにすることないし、じっとしてたけど……ちょっと思いついたことがあったんだ」

何のこと。こちらが問いかける前に、彼はすでに階段を降りはじめていた。つづいて何様のつもり。文句を言いたいけれど、息が上がって声にならない。

階段を降りたときには、相手はもう川原を上流へ向かって走っていた。

梅雨《つゆ》にはまだ早く、水の流れは、上流の鬼栖村に（村の反対を押し切って）作られたダムによって制限され、ちょろちょろと病気の犬のおしっこみたいに、雑草の茂《しげ》った川原の中央を流れている。

西地区の公園が正面に見えてきたところで、彼が足を止めた。付近に川原とつながる階段はなく、民家からも少し離れていて、人目につきにくい場所だった。

彼は、小脇に抱えていたものを下に置き、紐《ひも》のようなものを一気に引いた。

小さな二人用くらいのテントが、突然開いた。わたしがようやく追いつくと、

「せっかく思いついても、自分一人じゃ試せないことだったんだよね」

と、意味ありげに、にやにや笑いながら、テントのなかへ入ってしまった。

まさか、こんなところで……？

やっぱこいつヘンタイだ。尻ごみしかけたとき、彼が頭だけを外へ出し、

「その箱に入ってるものに、火をつけて、テントのなかへ放ってくれるかな」

彼の視線の先には、高級クッキーの箱が大きな石の上に置かれていた。

わたしは、部活をやめてからの運動不足がたたってか、肩で息をしながら、

「ちょっと、なんか、運動してんの。あんだけ走って、全然平気そうだけど」

と、いまのこの状況では、的外れかもしれない質問を最初にした。

ディノは、ほとんど息も乱さずに、

「心拍数《しんぱくすう》がもともと低くて、上がりにくい体質らしいんだよね。体育会系のノリが嫌いだから、役に立つ場所もないんだけど。ま、でも逃げ足だけは、ちょっと自信があるよ」

「なんで、関西弁じゃなくて、標準語しゃべってんの。て、ことより、なにより、いきなり何を始めてんのよ。キャンプするために飛び出してきたの」

「あの頃は関西弁だっけ。東北弁とか、駿河弁《するがべん》を使うときもあるんだよ。箱ば、見ろじゃ」

彼がまた箱を指さしたため、ともかくフタを開けてみた。なかには、爆竹が大量につまっていた。小学生の頃、児童館のお祭りで少し使ったことがあるけど、あのときの二十回分はありそうだ。

「全部つなげておるでなも、端っちょの導火線に火ぃつけて、テントのなかに放ってちょう」

「変なしゃべり方しないで。なんだか、耳の裏側あたりがむずむずする」

「わかったよ。ときどき、どこでもない場所の人間になりたくって、使うんだ」

あ。それって、うちらが方言を使ってた理由と同じじゃない……。

「じゃあ、これでよろしく」と、ディノがライターを放ってよこした。

「こんなの全部に火をつけたら、大爆発を起こしちゃうんじゃないの」

「ハハ、まさか。しょせんは爆竹だからね、大したことないよ。とは言っても、すぐにやっぱ火薬だし、テントに穴くらいはあくかもね。きみも火をつけたら、すぐに箱の中身をテントのなかに放り込んで、できるだけ遠くへ逃げろよ」

彼のペースで事が運ばれ、自分が引きずり回されていることに、腹が立つ。

「勝手にやればいいでしょ、ここで待ってるから」と、突き放すように言った。

「一人じゃ無理だから、いかしたジャージをはいてるお嬢さんに頼んでんだよ。いまからテントのなかに寝るからさ、きみのタイミングで、火をつけた爆竹を放り込んでくれ。あとでちゃんと説明するから。この通りっ」

彼は、手まで合わせて頭を下げ、あとはテントの奥に横たわって顔も見せない。

わたしの心の半分は、呆《あき》れて、このまま帰ろうと思った。でも、心のもう半分側は、彼の意味不明の実験的な行為がどうなるか、結果を知りたいと望んだ。

「いいよ、やったげるよ」

好奇心ってのに、わたしは結局弱い性格のわけで、箱をテントのそばに置き、ライターをすった。もし火事になれば、彼をテントから引っ張り出して、消防車も呼ぶ心構えをし（呼んだら即逃げるつもりで）、導火線に火をつけた。

とたんに、導火線に移った火が走りはじめた。動きの速いヘビが線を次々のみこんでいくような、予想以上の火の勢いにあたふた焦り、せめて顔のほうではなく、彼の足もとへと箱の中身をぶちまけ、後ろへ倒れ込む形で身を伏《ふ》せた。

最初の、パーン、という炸裂音《さくれつおん》がしたかと思うと、次にはもう巨大な雹《ひょう》が一斉《いっせい》に降り注いできたような、ハリウッド映画のおバカなアクション・シーンばかりを十本一度に上映しているような、一定のリズムの破裂と連弾、タイミングのずれた爆発音が重なり合い、わたしの聴覚を麻痺《まひ》させ、川原の石に鼻と口を押しつけ、呼吸を奪った。

実際は五秒くらいのものだったろう。でも時間の感覚が失われ、長く地面に押さえつけられていた気がした。耳のなかで残響音《ざんきょうおん》がうなり、川の上を渡ってくる風を、爆風かと錯覚した。

恐る恐る目を開く。顔のすぐそばに、火薬を包んでいた赤い紙が、ひらひらと、焼け焦《こ》げた状態で舞い落ちてきた。

火事どころか、地面ごと吹っ飛んだんじゃないの……。

白く煙った周囲の空気を払って、振り返る。

テントは変わらぬ姿で立っていた。淡《あわ》い煙がいく筋も立ちのぼっているが、火の手は見えない。ただ、人の動きもなく、不安になったまさにそのとき、

「あっちゃー」

悲鳴に似た声が上がって、テントのなかからディノが転がり出てきた。手を振り回し、スポーツウェアの上着を脱《ぬ》ぎ捨《す》てて、上半身裸《はだか》で川へと走ってゆく。

病気の犬のおしっこみたいな流れにたどり着き、彼はすべり込むように前のめりに倒れた。でも、水の量が少ないため、彼のからだは水中に没することなく、川底の石におなかをくっつけるだけの形になった。

なんだよぉ、と彼は悲痛に叫んで、今度は仰向《あおむ》けになった。

追いついて、どうした、とわたしが訊くと、背中に爆竹が入った、と答えた。

「見せて。ほら、早く。肉が溶けてるかもしんないよ」

彼が、こわごわからだを起こし、水に濡れた背中をこちらに向ける。

さすがに溶けてはいなかったが、首の後ろと、背中の中央の二カ所あたりが、赤くなっていた。

「火傷してる。ちょっと待ってて」

わたしは、テントの前に置いてきたリュックを取り、川から上がった彼の前に戻った。

リュックから火傷用のクリームを出し、背中を見せるよう、彼に言う。

「火傷のクスリなんて、どうして持ってんの」

ディノの言葉に、わたしはばんそーこーを巻いた右手の指を見せた。

「わざとやったんじゃないからね。フライパンにうっかりさわっただけ」

と、病院でのやりとりを思い出し、変な誤解をされる前に言った。

人けのない川原で、異性の裸を前にして、濡れた肌《はだ》をハンカチで拭き、クリームを指先に取って丁寧《ていねい》にぬってゆく。大人になって思い返すと、けっこうロマンチックな構図なのに、現実は、わたしはこんなとこで何やってんだろう、なんでこんなことに巻き込まれちゃったの、と来てしまったこと自体を後悔《こうかい》していた。

「でも、やってみてよかったよ。ありがとう」

わたしの滅入《めい》る気分を察したように、彼が言った。「本物の百分の一、いや、一万分の一にも満たないだろうけど、何も経験しないでいたときより、ほんの少しでも相手に近づけた気がする」

「なんのこと。なぜ、あんなばかな真似をしたかったの、説明して」

わたしは、自分の後悔を押さえ込むためにもたずねた。

「だから、あれが実弾だったら、って話さ。ロケット弾とか、爆撃機や戦車からの一斉射撃とか。人が寝てるところへ、突然飛び込んでくるんだ。おれはこんな火傷程度ですんでるけど、実弾なら、かすっただけで肉が裂けて、血が流れるし、破片が目に入ったら失明だよ。もちろんまともに当たったら、手足が吹っ飛び、内臓が飛び出す」

「やめてよ……そんな、気持ち悪い話」

「けどさ、ある場所では、確実にそういう体験をしてる子がいる。報道されないだけで、いまもそういう目にあってる。だから、実際どんな感じか、一億分の一でも、わかることができないかと思ったんだ。爆竹だけでもすさまじいよ。あんなのがすぐそばで、毎日、毎晩、つづくとしたら、おかしくなっちゃうよ。だれかをひどく憎《にく》むこともあると思う、むしろそれがしぜんかもしれない」

わたしは、うまく答えを返せなかった。彼の言葉が、自分の内側に入ってくるのを、何かが押しとどめている感じがする。

「あの、井出埜クンさぁ……聞いてもいい」

「ディノでいいよ、病院でもそう言わなかったっけ。イタリア貴族らしく、ディノッチェリでもいいんだぜ」

貴族じゃないし、舌かむし、顔はめっちゃモンゴロイドじゃん。

「じゃあ……ディノで。わたしは、ワラって呼ばれてるから、そんでよろしく」

彼が振り返って、沈む話を吹き払うような笑みを浮かべた。

「へえ、やっと名前を教えてくれたんだ。なんで、ワラって呼ばれてんの」

笑美子という名前からきていることを話し、

「噂、聞いたんだけど。雪のなかを下着ひとつで走り回ったり、生ゴミを入れた制服を着てきたり、薬缶に泥水をくんで人に飲ませようとしたり、目隠しをして授業受けたり、学校のパンを買い占めたりって……そういうの本当？　もしかして、いまやったことと同じような意味なの？」

彼は、いたずらを見つかった子どものように肩をすくめ、前に向き直った。

「真冬にさ、着るものがない子が大勢いるって話は、聞いたことがあるだろ。難民になったり、家を失ったりしてさ。ゴミ山のそばで暮らす子や、泥水を飲むしかない子もいる。地雷やテロで目が見えなくなった子もいる。なのに、そういう子が暮らす地域の農作物を、先進国の大企業は安く買い占めたりしてる。それを、どんな感じか、表面的にでも試したくなったんだ。けど……考えも、やり方も、しょせん甘いんだよね。今度は飢《う》えを経験してみようって、庭にテントを張って、ずっと我慢してたら、からだがヤワにできてるからさ、そんなにひどくならないうちに倒れて、病院送り。ぬくぬくベッドでお目覚めってわけだよ」

わたしは胸の内側がざわついて、落ち着かない感じがした。

ディノは、だれかを責めたり、わたしに何かを求めたりはしていない。むしろ、自分の行為を甘ったれたものとして、恥じているようでもある。なのに、「やめて」と、さえぎりたくなった。

「何なのいったい。どうして、わざわざそんなことをするの。つらい想いをしてる子の気持ちがわかったからって、何になるの。何か、相手のためにでもなるの」

自分でも驚くくらい強い口調で言って、ディノも戸惑い気味に振り返った。

わたしは、テレビのチャリティー募金《ぼきん》に応えて、幼稚園の頃からずっと買い物のおつりを貯《た》め、スーパーや郵便局へ持っていっている。ひどい災害が起きたときは、バイト代の端数《はすう》をコンビニの募金箱に入れることもしている。

そういうことを、彼に向かって、言いつのりたい衝動《しょうどう》にかられた。でも、胸が苦しく、言葉にできなかった。

「なんか、怒らせちゃった？　よく怒られちゃうんだよね」

彼が、少し間の抜けた、笑みをふくんだ声で言った。「おれは、ただ知りたいんだよ。人がどんな気持ちでいるんだろうって。どんな風に感じてんだろうって。それだけさ。でも、それだけって言うから、よく怒られちゃうんだ。何もできないよ、つらい想いをしてる人に、おれは何もできない。でも、知りたいんだ。泥水を実際に飲むとさ、腹をこわして、これきついなって、わかるだろ。飲む前にわからないのか、想像力がないのかって言われる。そういう問題じゃないんだ。自分を一瞬でも、ある人の立場と似たところへ置いてみたいんだ。あとどうするか、知る前には、決められないよ。知ってどうするって質問、よくされるけど、それって、知ることさえも阻《はば》まれてる気がする」

彼は、自分のそばにあった小石を拾い、水の流れに向けて投げようと構え、途中でやめた。

「でも、疲れちゃうこともあるな。知らないでもいいことなんて、おれ、ないと思ってるけど、つらい想いをしてる人の立場って、知っていくと……やっぱ、きついから」

わたしは胸がしめつけられ、不意に涙がこみ上げてくるのを感じた。

家族の楽しい思い出がつまったデパートの屋上のことが頭に浮かび、両親が離婚すると言ったとき、だれか、お父さんとお母さんを説得して、せめてだれか、わたしのことを、わたしたち家族のことを知ろうとして、と考えた日のことが思い出された。

あの頃、急に成績が落ち、担任の先生から、どうしたとたずねられた。迷ったあと、家でちょっとあって、と答えた。その瞬間先生は、わずかだけど、しまったという顔をした。それ以上質問してくることもなく、まあしっかりやれと、ほかの書類のほうへ顔をそらした。何かしてほしかったわけじゃない。ただ知っておいてほしかっただけなのに。それなりの事情もあるんだと。もし、知ってくれているとしたら、わたしはどこかで救われたって……そういうことだったのに。

大勢の人がつらい想いをしていることを、ニュースや何かでずっと見聞きしてきた。でも、わたしには何もできないんだから、深くは考えないようにしてきた。

知ることだけでもよかった、のかもしれない……知っておくということだけでも。

わたしがひどい目にあう、だれにも救えないようなひどいこと……けど、救えないからといって、知らないふりまでされたら、わたしは気までおかしくなるかもしれない。

世界の片隅のだれかが、知ってくれている、わたしの痛み、わたしの傷を知ってくれている……だったら、わたしは、少なくとも、明日生きていけるだけの力は、もらえるんじゃないか……傲慢《ごうまん》かもしれないけど、そんな気がした。

「うわっ、どうしたの」

ディノが、わたしのしゃくり上げる声を聞いたのか、振り返って目を見開いた。

いいから、あっち向いてて。と言いたくても、涙が鼻につまって声が出ない。

ハンカチをポケットに探したけど、さっきディノの背中を拭いて、そのまま地面に置いたきりなのを忘れていた。手に、ハンカチのようなものがふれ、外へ出す。包帯だった。

ディノに返すため、きれいに洗って、お日様で乾かし、きちんとたたんでおいた包帯だ。

まさかこれで拭くわけにもいかないし、ちょうどよい機会と思って、自分の状態もかえりみず、彼に向かって、これ、と包帯を差し出した。

え、何これ、と相手が困惑《こんわく》した様子を見せる。ちゃんと説明したかったけど、ひくひく、しゃくり上げてしまい、

「びょう、いん、でぇ、おく、じょう、でぇ、かな、あみ、にぃ……」

と、ほとんど意味不明の言葉になってしまった。

「きみ、ワラってあだ名、あってなくない？　それじゃあ、ナキって感じだよ」

ディノは、友だちと同じことを言って、わたしから包帯を取り上げ、少し広げてから、わたしの頰から目のところに当ててくれた。

そうじゃないのに……。でも、もう涙だけでなく、鼻水までガーゼ地に吸われていく。

いいや、また洗って返そう。きつく鼻をぬぐうと、肌ざわりが優しくて気持ちよく、わたしは包帯を顔に当てたまま、しばらくじっとしていた。

11　儀式

涙が止まったあと、わたしは『包帯クラブ』のことをディノに説明した。

彼は、驚き、また喜んだ様子で、へえ、それいいじゃん、と答えた。

わたしは、気をよくし、だから、一番はじめに傷を受けた場所に包帯を巻くと楽になるってことを見せてくれたのは、ディノだから、筋を通したくて来たんだ、と話した。

するとディノは、それが彼の愚《おろ》かしいところなんだけど、

「だったら、何かもらわなきゃいけないよね。包帯クラブの理念は、おれの発明だってことを、認めてくれたわけでしょ。著作権料みたいなものを、もらえるんじゃないの」

お金なんて発生しないことを説明すると、彼はつづけて言った。

「じゃあ仕方ない。ワラ、キス……いや、Hさせて。一回でいい。いやいや、やっぱ調子が出るまで三回は必要かな。いまはそれで妥協《だきょう》するよ」

ばっかじゃないの。十七歳でエロおやじみたいなこと言ってんじゃねーよ。

こんなやつの前で泣いたことを、心底後悔した。つらい立場にいる人の気持ちを知りたいと語ったときの彼とは、まったくの別人だ。それを言うと、

「いやぁ、やっぱりさぁ……アッチのほうも知りたいじゃん」

ほんと最低、信じらんない。絶対あんた地獄《じごく》行き。そう言って帰ろうとすると、

「待ってよ、じゃあ仲間にしてよ。んの代わり、最初に、傷ついた場所に包帯を巻いたおれが、クラブの初代総長ってことで、ヨロシク」

もういい。そこまでして、クラブなんてやりたくない、もうやめる。

わたしは川原から上がった。すると、彼があわてた様子で追いすがってきて、

「球拾いでいいっす。練習生でいいっす。パシリでもパンツ洗いでもやるっす。入れてけろ、おねげえだ、庄屋様ぁ。おすくいくだせえ、お代官様ぁ」

懇願《こんがん》する彼の顔が、叱られた幼い子どものようで、つい苦笑してしまった。心ならずもって感じだけど、結果的にそれで許したことになってしまった。

ただし、クラブの仲間にするには、やはりタンシオとギモの許しがいる。

連絡すると、「井出埜辰耶」に対する噂が悪かっただけに、二人とも警戒して

いた。

　エロおやじを弁護するみたいで腹立たしかったけど、思ったより悪いやつじゃないと、バイトの昼休みに話し、二人はひとまず認めてもいいと答えた。

　ただし、条件というのか、相手をよく知るためにも、クラブに入るための儀式をおこなったらどうか、ということになった。

「考えたら、三人とも、その儀式をしていることになるんだよね」

　タンシオが言った。

　つまり、傷を打ち明け、仲間に包帯を巻いてもらうということ。

　ディノにそれをメールした。プライドもあるだろうし、断るかもしれないと心配したけど、あっさりわかったと答え、土曜日の午後、駅前に自転車で集まることになった。

　当日は、あいにくの雨だった。

　当時のわたしたちは、雨ぐらいは何でもなかったし、少しくらい障害があったほうが結束も固まるだろうと、全員が決行に賛成した。

　わたしは、デニムパンツとトレーナーの上に合羽《かっぱ》を着て、駅舎の大屋根の下に立った。タンシオも似た格好、ギモは綿パンにTシャツとスタジャン、その上に合羽を着ていた。

なのに、最後に現れたディノは、まったくわけがわかんない……黒いスーツに、黒いネクタイ、白いニット帽子《ぼうし》でスキンヘッドを隠し、合羽も何も着ていなかった。

タンシオたちはただ驚いていたが、わたしはなんだかもう慣れた心持ちで、

「何よ、それ。どういうつもりなの」

「いや、まあ、ひとつの、葬式《そうしき》みたいなものだから。自分の傷をとむらうわけだろ」

わたしは、タンシオとギモに彼を紹介した。

ディノは、わが友よ、とギモを抱きしめ、タンシオには、手の甲にキスをしようとして、あわてて手を引かれていた。

ディノの先導で、市内を回りはじめた。午前中強く降った雨は、霧雨《きりさめ》に近くなり、視界がさえぎられることも、顔に水滴《すいてき》がかかって不快に思うこともなかった。

かすかに水の浮いた道路を車輪が行き過ぎるときの摩擦音《まさつおん》が、水を切って飛ぶ

流線型の生き物に、自分が変身したかのような感覚を抱かせてくれて、しぜんと気持ちが高揚《こうよう》した。

駅を背にして東南へ走り、住宅地のあいだを抜け、教会や福祉会館などが建つ閑静《かんせい》な地域に入った。キリスト教系の幼稚園の前で、ディノが自転車を止めた。

彼によれば、この幼稚園はしつけが厳格なことで知られ、母親がそれを望んで、家は浄土真宗《じょうどしんしゅう》の門徒なのに、わざわざ家から遠いこの幼稚園に彼を通わせたという。

「それで傷ついたの。遠い幼稚園に通わせられたから？　しつけが厳しくて？」

土曜の午後で、人けのない幼稚園の庭をながめながら、わたしはたずねた。

するとディノは、ニット帽を取って、庭を囲む金網をくやしそうにたたいた。

「もっと大変なことさ。この幼稚園、日曜にミサがあって、休みじゃないんだ。日曜の朝は、『フザケンジャー』があるのに、見られなかったんじゃー、わんわん泣いたんじゃー」

それが傷……ヒーローもののテレビ番組が、子どものときに見られなかったことが？

「あと、あれだ、うんち漏《も》らしちゃったんだよ、ミサの途中で。罰当《ばちあ》たりだろ」

「ちょっと……子どもの頃、お漏らししたから、ここに包帯を巻けっていうの」

「まあ、確かにね。そこまでは、しなくていいか……。じゃあ、次行こう」

ディノが帽子をかぶり直して走りはじめ、わたしたちも仕方なくついていった。

中央地区に入って、北地区との境まで進んだところに、名の通った大学付属の小学校がある。市内のいわゆるお坊《ぼっ》ちゃんお嬢《じょう》ちゃんが、少々遠くても車の送り迎えで通う学校と言われ、ディノも卒業生だった。

生徒一人一人にパソコンが早くから用意されていたと聞いたが、ほかにどんなものがあったのかたずねた。給食は和洋中のカリスマシェフが日替《ひが》わりで作り、トイレは全部シャワートイレで、保健室にエステサロンが隣接《りんせつ》され、修学旅行はラスベガスでカジノをしたと、うんざりするような嘘を彼はしゃべった。

「いや、先々ありえないことじゃないよ」と、彼が真顔で言う。

「で？　ここで、どんな傷を受けたっていうの」

わたしは怒りを押し殺して訊いた。

「好きだった子を同級生に取られたんだ、一年と、三年のときも。好きな子には、なんか普通に話せないシャイなおれでさ。五年のときは、最高にかわいい子に、ブス、デカチチって言って、泣かせちゃって、いまも後悔してんだよ」

「ふざけないで。そんなのだれだって経験する、ありふれた思い出じゃない」

「あら、それ言っていいの。だれだって経験するから、傷つかない、ってわけじゃないぜ。にさ、育った環境《かんきょう》も性格も違うんだから、経験が似てても、受ける傷の度合いはきっと違うはずだろ」

「それ……ちょっとわかる」

タンシオが横から言った。「うちの親とか、こっちが落ち込んでると、よく言うんだよね。そういうことは自分にもあったし、だれにでもあることだから、くよくよするなって。励《はげ》ますつもりで言ってくれるんだろうけど、なんか、侮辱《ぶじょく》に聞こえるときある」

「ああ、わかりますよ。自分だけの傷を、勝手に人と同じにしないで、って感じでしょ」

ギモもうなずいて言う。

なんだか二人に裏切られたようで、すねて、にらんではみたけど、確かに言ってることはわかった。わたしだって、ブスって言われたことはある。でも、わたしの言われたブスと、ほかの子が言われたブスは、状況も違うし、言った相手も、受けとめる側の感受性も違うから、一緒になるはずはない。

「もっとつらい想いをしてる人だっているんだから、って言うのもさ、じゃあ、もっともっとって挙《あ》げてったら、際限《さいげん》ねえじゃん。世界で一番残酷な傷を受けた人から下は、みんな甘いっつーの？　だれがその線引きすんだよ。だれにもあることだからって、軽々しくひとまとめにしちまうのは、相手の心を思いやるのを、おっくうがったり、面倒がったりする、精神の怠慢《たいまん》からくるんじゃねえの」

ディノの言葉は、腹も立つけど、胸にもしみる。

わたしは何度そうして、ほかの子の傷を、なんでもないもののように扱っただろう……わたし自身、そうした扱いを受け、どうせ他人にはわかってもらえないんだって、何度思ったことだろう。

「はい、降参。こちらの言葉が軽うございました」

わたしは両手を挙げた。「じゃあディノの傷として、ここに包帯を巻くのね」

「いや、まあ、みんなに巻いてもらうほどでもないから。次、行こうか」

おい、ちょっと待て、こら。

止める間もなく、ディノが走りだし、タンシオとギモも、おかしそうに笑って、ペダルを踏む。わたしは、奥歯をかみしめてあとを追った。

すぐそばに、やはり大学付属の中学校がある。ディノはその校門の前で自転車を止めた。

彼は、鉄の扉で閉ざされた校門の向こうを見やり、ここで何度も体罰を受けたんだ、と話した。さほど暗い声ではなかった。でも、いまでも納得がいっていない想いは伝わってくる。

廊下で友だちと少しふざけただけなのに……下校時間後に五分ほど教室に残っていただけなのに……歯が痛くて返事できなかっただけなのに……口での注意よりも先に、平手打ちをくった。同じ教師からは、よく嘘もつかれた。文化祭でギターを持参してもよいと許可をもらい、持っていくと、学校側で問題となり、教師はもともと許可していないと言い張った。

「どこにでもいるんですね、そういうやつ」

ギモは、吐息《といき》をつき、窓ガラスを割ったという理由で、担任から人違いなのに体罰を受けたこと、それが誤解だったとわかっても、謝ってもらえなかったことを話した。

わたしとタンシオは、生活指導の教師から、お尻をさわられたときの嫌悪《けんお》を語った。服装検査のふりをして、女子生徒にさわることで有名なやつで、ほかの教師も見ていたくせに、問題にならなかった。わたしたちも面倒になるのがいやで、校長先生とか親へ訴《うった》えることをせず、結果として黙認《もくにん》した形になったことにも、傷ついていた。

「とは言っても、みんなの傷に全部包帯を巻いていったら、キリがないよな」

ディノが言う。

それはそうだ、わたしたちは、毎日とは言えなくても、しょっちゅうどこかで、何かで、傷を受けている。ディノが川原で話した、つらい想いをしている世界の大勢の子どもたちに比べたら、ほとんどが甘ったれた傷だとは思うけど、やはり傷は傷で、それなりに息苦しいし、眠《ねむ》れない夜もある。

そして、自分たちがだれかを傷つけてる場合も、意識、無意識をふくめ、ずいぶんとあるだろう。ギモが、なよなよしているという理由で、いじめられたことを話したとき、わたしもクラスの何人かを無視したことを思い出した。

ゲームとして、交替でだれかを無視することが中二のときに流行《はや》った。そんな遊びをいやがっていた子まで、かまわず無視をした。そのときの相手の子の、ゆがんだ顔は、いまもわたしの気持ちを沈ませる。お願い、自殺なんてしないでね、と、あとになって心のなかで祈りもした。

「巻いてもいいよ。巻けるなら、巻いてみよう」と、わたしはつい口にした。

「そうだよ。巻こう。どんどん巻こう」

タンシオが突然、いつもの彼女らしくない、ちょっと野性的な太い声で言った。

その瞬間、わたしはこれまで彼女を誤解していたんじゃないか、って気がした。

早く結婚して、幸せなお嫁《よめ》さんになるんだろうなと、彼女の将来を考えることがよくあった。その考えの底には、彼女に対して、優しくて包容力があるけど、繊細な感性に少し欠けてるかもしれないって、勝手な決めつけがあったと思う（ごめんね、シオ）。でも、彼女の強い口調は、彼女もさまざまなことに傷つき、だれかを傷つけた過去を悔《く》やんで、眠れない夜もあるんだ、と訴えていた。

わたしって傲慢だ。傷つくのは自分だけ、傷つけて苦しむのはわたしだけ、知

らぬ間にそんな風に思っていたところがある。タンシオに心のなかで謝り、

「包帯、巻いてみよう。わたしたちの卒業校じゃないけど、それでもいいよ」

わたしは、トレーナーのポケットから包帯を出し、ディノに渡した。

「じゃあ、代表としてひとつ、シンボル的に巻こうか」

彼は、校門を閉ざした鉄の扉に、包帯を四人分、四重に巻き付け、持ってきたカッターで切り、端と端を結んだ。

黒々といかめしい、冷たい感じだった鉄の扉が、白いリボン状の包帯を巻かれ、傷ついて少しかわいそうな、愛らしい『扉クン』に変化して見えた。

「けど、これは、みんなの傷に対する包帯になっちゃいましたね。ディノさんだけの傷に巻かないと、正式な入会の儀式にはならないんじゃないですか」

ギモが、合羽のフードを背中に下ろしながら言った。雨がいつのまにかやんでいる。

OK、わかったと、ディノはまた走りはじめた。

北地区を奥へ進み、鬼栖川（神栖川だけど、このほうがわたしにはしっくりくる）に出て、久遠大橋を渡る。リバーサイド・ダイナミック・グランド・ハイク

ラスホテルの前に出た。田舎町《いなかまち》のコンプレックス丸出しの名前でなく、だれもがリバーホテルと呼ぶここで、市民の半数が結婚式を挙げると言われていた。

ディノのいとこも三年前に式を挙げ、来賓《らいひん》である精密機器メーカーの東京本社の常務が酒に酔《よ》い、おめでたい披露宴《ひろうえん》の席で、ディノの父親を名指しして、工場の効率が悪いと叱責《しっせき》した。そばにいたディノまで腹が立ったという話だが、それはでも、ディノのお父さんの傷ではないかと、わたしは言い、彼も、まあそうだよなと答え、次の場所へ向かうことになった。

けど、できれば道を変えてほしかった。

まっすぐ進んでいくと、春に別れたあいつの家の前を通るからだ。元カレなんて呼ばない。別れたことも、二人の間にあったことも、傷だなんて思わない。あんな頭も心も軽いやつに、わたしが傷つけられるわけがない。

そのくせ、顔を合わせたくはなかった。話をする気はないけど、どんな顔をしていいかわからない。どんどんあの家が、わたしのなかの、肉体的なものじゃなくて、もっと別の、幼い頃から積み重ねてきた夢のかたまり、目に見えない遠い星のような輝きを、一瞬で失ったか、くすませてしまった、あの家が近づく。

やっぱり傷かな。自分ではその気はなくても、いまも血は流れているのかな。

でも、あの場所に包帯を巻いてもらうつもりはなかった。すべての傷に効くとは、いまはまだ思えない。いや、多少は効くかもしれない。けど、タンシオやギモにしても、すべての傷を明かしたわけじゃないと思う。それにはまた別の勇気が必要で、互いのあいだに別の信頼も要《い》るように思えた。

そして、確信はなかったけど、きっとそんな勇気や信頼は、自分ひとりで治した傷もいっぱい持ってなきゃだめなんじゃないか、って気がした。

孤独のなかで、じっとかさぶたができるのを待った傷……その傷あとの多さが、これまでとは別の勇気、別の信頼を、だれかとのあいだに持てる可能性を、与えてくれるんじゃないかって……。

その代わり、人に明かせるような傷だったら、思い切って打ち明けて、包帯を巻いてもらってもいいんじゃないか。そのくらいの甘えは、人は許されてもいいんじゃないかって、このとき感じた。

例の家の前を通り過ぎた。振り返ると、ギモがその家を見ていた。ギモも好意を寄せている相手だったのを思い出す。タンシオは、雨によって少し流れが増している川のほうへ、わざとなのか無意識なのか、視線をそらしていた。

しばらく進んだところで、ディノの走るスピードが急に落ちた。

わたしたちは危うく彼をかわして、前に出た。

ディノは、さらにペダルをこぐ力が鈍《にぶ》くなり、声をかけても返事をせず、どこか痛いのか顔を伏せ、ついに自転車を止めた。

周囲は住宅ばかりで何もなさそうな、T字路（丁《てい》字路が本当だって）の中央だった。道の少し先で止まったわたしたちは、おなかでも痛いの、とたずねた。

彼は、うなだれたまま、右へと折れてゆく道の先をちらちら見ている。曲がろうかどうしようか、迷っている様子だった。

「どうしたの、そこで曲がるの」

わたしは声をかけ、ほかの二人と一緒にディノのところまで戻った。

「……きみたちは、違うの」

ディノが、それまでと違った重々しい声で言った。「きみたちに、あれは、そうじゃないの……あれは、きみたちには、何も関係しなかったの……」

わたしたち三人は顔を見合わせ、彼が気にしている通りをのぞき見た。この先には幼稚園も学校も商店などもなく、一般《いっぱん》の住宅ばかりがつづくはずだ。

「どういうこと。この先に、包帯を巻く場所があるの」

わたしは訊《き》いた。するとディノは、胸にためていたらしい息を長く吐き出し、

「……無理だよな。包帯なんて巻いたって、どうしようもないんだ」

つぶやくように言った。こちらの背中をぞくりとふるわせる響きがあった。けど、次にはもう、おなじみになった軽薄《けいはく》な笑みを顔に浮かべ、

「いや、実はこの先に、まだ仔鹿《こじか》みたいに純真だったおれを誘惑《ゆうわく》した人妻が暮らしてんだ。失われた純潔をしのんで、包帯を巻こうかと思ったけど、愛欲にまみれた日々も青春の一ページだよな。よし、行こうか」

彼は、いきなり走りはじめ、置いていくぞ、と声を上げた。わたしたちは、彼の言葉を信じたわけではなかったが、ほかにどうしようもなく、あとを追った。

ディノがネクタイを外して、さりげなくポケットに入れるのを、ちょうど後ろを走っていたわたしは認めた。葬儀に参列するような格好をしたのは、あのT字路（くどいけど丁字路《ていじろ》って読み書きするのが正式なんだって）を右へ曲がった先の、ある場所へ行くためだったのではないか、と察した。

でも、彼が打ち明けないかぎり、無理に聞き出すようなことではない。彼が、去年から人が変わったようになり、つらい想いをしている人たちのことを知りたいと、奇妙な行動をとりはじめた理由も、まだ聞いておらず、謎《なぞ》のままだった。彼が次に止まったのは、西地区に入って、精密機器メーカーの工場に近い場所に建つ、民間の高齢者ホームの前だった。数年前に造られ、最新設備が整っているが、入居費が高く、しょせんお金持ちしか入れないのよと、母が愚痴っていたのを思い出す。

「ここで、去年の秋、ばあちゃんが肺炎《はいえん》をおこして死んだんだ」

ホームの門前で、ディノが言った。「おれが、おかしな真似ばかりして、留年が決まった頃で、心配かけたのかなって気になってた。実際は認知症になってたから、ほとんどわからなかったと思うけど……会えなくなるとわかってたら、もっと何度も面会に来ればよかったって、まじ後悔してる」

ディノのところは立派なお家《うち》なのに、こうしたホームを利用していた事実を不思議に思った。ただ、高齢者の問題はいろいろ大変らしく、各家庭でそれぞれ事情があるのだろう。

わたしの祖母は、川の上流にある鬼栖村にいる。数年前まで叔父《おじ》（って、母の弟ね）が一緒に暮らしていたが、彼が急に放浪癖《ほうろうへき》にとりつかれて村を出たため（いまは南米のボリビアにいるという話だ）、祖母は以来ひとり暮らしだった。もし祖母が倒れたら、経済的にこんなホームは利用できないし、看病にしろ、介護にまでなっちゃうにしろ、わたしたちの生活も当然変わらざるを得ない。人の暮らしは危うい綱渡《つなわた》りみたいなものだって、あらためて感じる。

「よし、じゃあ、ディノのおばあちゃんの供養《くよう》もこめて、包帯を巻こうか」

わたしは、タンシオとギモを誘って、ホームの敷地内に入った。

「ばあちゃん、桜が好きだったんだよ。じいちゃんに桜の下でプロポーズされたらしい。満開のときに、車椅子に乗せて、花の下へ連れてったら、うれしそうに笑ったんだ。その頃はもうずっと表情がなくなってたのに、びっくりしたよ」

ディノの言葉を受けて、庭の桜の前に進み、枝の一本に包帯を巻き、端を縛らず、しだれ桜に見立てて、長く垂らしてみた。

雨上がりの風が空から吹き下ろし、純白の小旗のように包帯がたなびいた。

このあと、わたしたちは、ギモから相談のあった二人の、傷を受けたという場所へ向かった。

ギモのいとこの勤めていた建築会社へ行き、事務所の外階段に包帯を巻いたところを、ギモが持参したデジタルカメラで撮影した。

そのとき、事務所から所長さんが出てこられ、ディノがとっさに、「今後の就職の参考にしたいので、見学させてもらえませんか」と、お得意の嘘をついた。おかげでヘルメットをかぶらされ、近くのマンションの建設現場を見学する羽目になったけど、これが意外に面白くて、職人さんとも楽しく話せた。わたしは思い切って、ギモのいとこのことを話し、職人さんたちに、包帯を巻いたヘルメットを持ってもらい、

「待ってるからさ、出てこいよ」

と、動画機能にしたデジカメに向かって、声をかけてもらった。

雨雲はいつか去り、空の低いところが夕焼けに染まって、高みへのぼるにつれ白く薄れ、点々と浮かぶ雲の影が、炎《ほのお》から逃れる魚の群れのように見えた。

痴漢がよく出ていたという、東地区にある神社の近くへ着いたときには、もう

あたりは薄暗かった。

先に、白い石を組み上げて作られた大きな鳥居の柱に包帯を巻いた。そのあと、包帯を幾重《いくえ》にも折りたたんで花びらの形を作り、白い花のコサージュにして、タンシオの胸にヘアピンで留めた。

彼女が鳥居の前に立ち、被害を受けた女の子を励ますようにほほえむ。フラッシュが焚《た》かれると、胸に留めた包帯の白い花があざやかに浮かび上がった。

「ワラも、励ましたら」

と、タンシオに言われ、わたしは少し考え、両腕を胸の前で組み、タンシオとギモに頼んで、その上から包帯を、まるで自由を奪われたように見える形で巻いてもらった。なんだか、そんな心持ちだったのだ。

したくができて、鳥居の前に立ち、ギモに写真を撮《と》ってもらう段になって、被害にあった子のことを想うと、励ますつもりが、急に気持ちが落ち込んだ。なんだよ、ちくしょう、ただ歩いていただけじゃないか、ふつうに生きてただけじゃないか、なんでそんなひどい目にあわされなきゃいけないんだよ、人がどんな想いをすると思ってんだよ、あたしは道具じゃないんだ、心があるんだ、あんたらが生まれてきたお母さんと同じ女って性だよ、あんたら、お母さんがそんな目にあっても平気かよ。平気なのかよっ。

口には出さなかったけど、次々と心のなかで言葉があふれ、元気を出してって、ほほえみかけたかったのに、怒った顔になり、それも崩《くず》れて、涙がこぼれた。

「あー、ワラが、またナキになってる」

タンシオに言われ、ディノとギモには驚かれ、くやしいから涙を止めようとしても、どうしても止まらなかった。

わたしの涙が感染したのか、とうとうタンシオまで泣きはじめた。彼女は、わたしのもとへ駆け寄り、包帯を外してくれながら大粒の涙をこぼした。

ギモがそれを撮ろうとして、「撮んな」と、タンシオが怒った。

ギモがカメラを下ろすと、ディノが彼からカメラを取り上げ、わたしたちにいつになく真剣《しんけん》な顔でレンズを向けた。

「きっと二人の気持ちが、その子にも伝わるよ」

撮られた写真を見ることはとてもできなかった。胸の痛みがしばらくつづいた。

【バタコ報告】

こんにちは。匿名《とくめい》のまま、バタコというネームで失礼します。ギモ君から、『包帯クラブ』の成り立ちなどが、いま発表されていると聞き、じっとしていられない気持ちになって、ひと言、述べさせていただければと思いました。

当時、包帯を身に巻いたワラさんとシオさんが、神社の前で泣かれていた写真を、ギモ君から渡してもらったときの気持ちを、どう表現したらいいでしょう……。励まされた、というのとは少し違って……ああ、わたしも泣いていいんだ、怒っていいんだ、ふざけんなって叫んでもいいんだって、その許しをもらえた想いでした。

おかげで、その夜、家はひどいことになってしまいました。わたしが、ばか野郎、くず野郎って、ベッドをがんがん蹴って、布団を抱えてわーわー泣いて、親は完全におかしくなったと思ったようです。

でも……それまでわたしは、家族におかしく思われるのがいやで、心配をかけるのがつらくて、傷ついたんだよぉ、痛いよぉ、って訴えることも控《ひか》えていたように思うんです。

いまわたしは、気が弱いけど優しい旦那と、やんちゃな女の子という、温かい家族に恵まれています。ワラさんたちに安易な感謝を述べる代わりに、自分の子やまわりの子たちに、何かあるたび、泣いてもいいんだよ、と声をかけています。

……以上、バタコでした。

12　匂い

その日のうちに、『包帯クラブ』の簡単なルールを決めた。

「ともかく、巻いてほしいっていう相談者が必要だよね」

暮れゆく神社の境内《けいだい》で、わたしは言った。本殿も社務所も遠く離《はな》れ、お祭りのときに屋台がいくつも並ぶ広場は、いまは人の気配もない。

「仲間内でも、けっこう傷ついてると思うし、紹介し合うのでいいんじゃない」

と、タンシオが言い、ギモも賛成した。

「待てよ、そんなの狭っ苦しいよ。それならクラブにする必要ないって」

ディノが、怖いくらいまじめな表情で反対した。彼は、さっきまで腰かけていた石燈籠《いしどうろう》の台座から立ち上がり、だれのつもりか腕を組んで遠くを見やり、

「おまんら、小さい小さい。いろんな人の相談を受け付けたほうが、クラブって名乗る意味があるぜよ。心の傷なんぞ、プライベートなことじゃきに、知らん相手じゃから本音を明かせることもある。たとえば女子大生とか、会社勤めのお姉

さん、恋に不倫に片想いにって、いっぱい傷ついとるはずじゃ、どうぜよ？」

「どうぜよじゃないよ、このエロ助。いったい何を考えてんのよ」

わたしは、うんざりしながら、でも、と思った。

「確かに……仲間内って、限界あるよね」

知ってる子たちが、どのくらい自分たちを信頼して、まだいやしきれていない傷を打ち明けてくれるだろうか。

「だろ。クラブの存在をまず世間に知らせる必要があるって」と、ディノが言う。

「じゃあ、ネットで公開して、相談者をつのりますか」

ギモが言った。ディノが、おー、と拍手をしつつ歩み寄り、彼を抱きしめた。

「いいね、ギモっち。世界に向けて発信しようや。世界中の恋に破れた美女たちのもとへ、真心のこもった真白き包帯を持って駆けつけようぜ」

「下心でどす黒い包帯でしょ、じゃけらばかり言わないで」

わたしは久しぶりに方言を使い、岐阜の言葉で、冗談ばかり言うなとさえぎり、

「うちらが包帯を巻きにいく範囲《はんい》も、このさい決めとこう。基本、市内でいいよね、自転車で回れるところ」

ディノが、えーっと抗議の声を上げ、ギモをさらに抱き寄せた。

「ギモっち、世界へ飛び出そうぜ、港みなとに包帯アリ。北欧系は情が濃くて、アフリカ系はノリがいいし、ヒスパニック系はやっぱ情熱的らしいぞ」

「あ、けど、いまは無理ですよ。それにぼくはアッサリ系のほうが……」

ディノが、ちぇっと舌打ちをし、しらけた顔でギモを突き放した。

「でも、活動できる時間だって限られてるよね」と、タンシオが言う。

「そうだよ。こっちは、そこのエロ助さんみたいに自主停学してるわけじゃないし、日曜もバイトをしてるから、活動はひとまず土曜の午後限定ってことにしよう。いやなら、外れてもらっていいよ」

わたしは強い口調で言い切った。『方言クラブ』のこともあり、背伸びをし過ぎて、つぶしてしまうより、地道につづけたい気持ちがあった。

「わかったよ、千里の道も一歩から、世界に愛されるにも地元からってね。でも、ネットで公開するのは問題ないよな。おれがページ作ろうか」

ディノが目を輝かせ、舌なめずりまでしそうな雰囲気に、不安をおぼえ、

「あんたは絶対だめ。受け付ける相手を、女性限定とかにしそうだから。シオ、

ホームページ作れる?」

「わたしのパソコン能力は、ワラと変わらないよ。知ってるでしょ」

「だったら、ぼく、やりましょうか」と、ギモが言った。

反対を申し立てそうなディノを、イギなーし、ギモさいこー、とわたしとタンシオが過剰《かじょう》に拍手を送ることで、黙らせた。

そのあとは、いろんなことがすんなりと決まった。『包帯クラブ』のHPは、ギモのところで開き、近所のタンシオと相談しながら管理する。

活動内容は、傷ついた人の、傷ついた場所に、包帯を巻きにいくということ。

そして〈手当てした風景〉を、デジタルカメラで撮影し、相手のアドレスへ送るということだった。報酬《ほうしゅう》はもちろんいただかない。

「んなの、もったいないだろ。包帯だってタダじゃないんだし。こうしよう、包帯を巻く場所、一カ所につき、男は三万、女は一万。ただし女性の場合は、当クラブの男性メンバーとのデートによる支払いも可、で、どう?」

ディノの言葉は、全員で無視した。クラブの存在自体が、お金では得られない、貴重な恵みをもたらしてくれると、互いの傷に包帯を巻いた経験から感じていた。

自分以外の人の、どこでどうしてどういう傷を受けたか、という話は、わたしたちの世界を広げてくれる。

自分が一番傷つきやすく、一番繊細で、自分の受けた傷はきっとほかの人より深いって、知らないうちに自己チュー、高ピーになっていた内面のこわばりを、人々の傷や痛みが、いつのまにかほぐしてくれる。

「でも、みんな正直に、自分の傷を打ち明けてくれますかね」

ギモが心配そうに言った。

タンシオも、一緒にHPを管理する身だからか、

「本当の傷かどうか、見きわめるのはむずかしいよね」

と言う。「治ってほしいと思って巻く包帯だもん、本当でなきゃ悲しいよね」

「疑うより、どんな小さな傷でも、巻きに行ける場所なら、行ってみようよ」

わたしは言った。あふれる想いがしぜんと言葉に転化してゆく感じだった。

「つらいなら、どんなものでも傷だよって認めてあげるのを、うちらのやり方にしよう。だれもが経験することでも、やっぱりその人だけの傷なんだし」

それはディノに言われたことでもあったから、彼のほうを振り向いた。

　ディノはいつのまにか、石燈籠の胴の部分に包帯を巻いていた。何してんのと訊くと、

「昔ここで、秋のお祭りのとき、小さな男の子が、本当の父親じゃない感じの男に、いつまでもめそめそ泣くなって、たたかれてたんだ。いやな気分だったけど、おれも小六だったし、止められなかった。それを思い出してさ……。いまさらあの子に届かないけど、何も言えずにごめんなって、巻きたくなった」

　みんな何かの形で傷を受けている。全部巻いていったら、きっと日本中、いや世界中、包帯だらけになるんだろう……。

　ふと頭のなかに、包帯で巻かれた地球が見えた。

　梅雨に入ったらしく、団地の土手に設けられた花壇に、アジサイが咲《さ》いているのが、街灯にぼんやりと白く浮かんでいた。

　わたしは、ベランダから顔を出し、同じ花壇の一角で、二週間ほど前に咲いたクチナシの花をながめていた。甘いバニラに似た匂いがすると言われているけど、まったく感じない。ここが四階だからではなく、そばに寄っても同じだった。

この町では、花も風も雨も、匂い立つことはない。

いや……母は、道を歩いているとき、「いい匂いがしてきたね」と言う。クチナシや、ほかの人の庭に咲くキンモクセイの場合もある。風が吹くと、「クリの花ね」と言ったり、「どこかで焚火《たきび》をしてる」と言うし、雨が降ったとき、「カエルの匂いがする」と言ったり、雨上がりの空気を吸って、「カタツムリの匂いだなぁ」なんて言うこともある。

だけど、わたしは感じない。弟も、「そんなの全然わかんないよ」と、いつも腹立たしそうに言う。タンシオたちに話しても、やはりそんな匂いはわからないと答えた。

だから、この町に暮らすわたしから下の世代は、匂いか、匂いを感じ取る感覚か、匂いを連想する記憶……そのひとつ、または全部を失っている。

「べつにそんなの匂わなくたって、かまわないよ。死ぬわけじゃないし」

弟は、幼い頃、母が匂いのことを口にするたび、どんな匂いか説明を求めていたが、小学三、四年の頃から冷めた口調で言うようになった。母と同じ感覚を分かち合えないことが、くやしかったのだろう。

わたしは、くやしいより、さびしかった。料理の匂いならわかるし、香水《こうすい》や芳《ほう》香剤《こうざい》もかぎ分けられる。

でも、風や雨や、自然の木や花のなかに、こまやかな匂いを感じ取れないのは、たとえば……この世に生まれるとき、みんなが手に握っているはずの真珠《しんじゅ》の粒《つぶ》を、あやまってどこかへ落としてしまったような、「どうして、わたしにはないの」と、泣きながら訴えたいほどの、やるせない喪失感《そうしつかん》で胸がしめつけられる。

ふと、つらくなって、花壇から視線を上げた。

こうこうと灯火に輝く町の風景が広がり、さらに視線を上げると、空の星が小さく、薄く、距離を置いてどうにか三つか四つ、見ることができた。

弟はいま、夕食の弁当を買いに出ている。わたしの作る食事に、冷凍やレトルトばかりだの、味がおかしいだの、あれこれ文句を言うから、だったらあんたもやんなさいよ、と、日替わりの当番制にした。結局は、初日からごはんをお餅《もち》よりも軟《やわ》らかく炊き、焼肉を焦げ肉にしてしまって、「うちは最低だ」と捨てぜりふを吐き、コンビニへ走っている。

母はまだ仕事から戻らない。彼女の会社も派遣《はけん》社員が増え、雇用《こよう》問題で会社側ともめているらしい。「あんなの作っていいのかな」と、ため息をもらすこともあった（当時は、派遣サンが増えたことで、製品の質が落ちたことを言ってるのだと思っていた……）。

工場から夜遅く帰ってきて、シャワーも浴びずにソファベッドに倒れ込むこともあり、進路を相談する余裕《よゆう》もない。

あれもこれも、思うにまかせないことばかりだ。

ついさっき、神社での別れぎわ、この四人だけがメンバーなのかと、ディノにたずねられた。

「もう少しいるのかと思ったよ。実際あと二、三人くらいいたほうが、手分けして回れたりして、楽なんじゃないの」

そのとき、わたしはとっさに、

「本当は、あと、二人いるんだよ」

と答えた。あっけに取られた顔をしているタンシオのほうを見て、

「ね、いるよね。前のクラブから、そのままつづけている子たちがさ」

タンシオは、戸惑いながらも、うん、そう、いるよ、と答えてはくれたけど、

「大丈夫なの……本当に、あの二人も誘う気？」

と、別れたあと電話をくれて、心配そうに言った。

大丈夫なわけがない。彼女たちを説得するどころか、電話はもちろん、メールをする勇気すら出てこない。

あらためて、自分が何か足りないところのある、薄っぺらな人間に思えてくる。

不意に、巨大なエンジンが重低音のうなりを発して、地上の者たちを圧迫するような音が空から落ちてきた。ちかちかとまたたく光が、夜空のかなたを横切ってゆく。

あのはるか遠くから、わたしは見えるだろうか。見えたら、どんな風だろう。やっぱり薄っぺらなのかな、汚れているのかな。

もっともっと遠く、宇宙のかなたから、この星は、どう見えるだろう。やっぱり包帯でぐるぐる巻きになるくらい、傷であふれているのだろうか。

「……おまえも、まだ、傷があるんじゃない？」

そっと、自分に向けて、つぶやいてみる。

その音の響きが、耳の奥から胸へと届き、自分の存在がゆらゆら宙に浮かび上がっていくような感覚をおぼえた。

そうだ……わたしはずっとテンポとリスキと話したかった。連絡を待っていた。でも、来なかった。それが、ひとつの傷になった。

傷をそれ以上広げたくなくて……深く意識したわけじゃなくても、おびえたように、つい気おくれして、わたしも彼女たちに連絡しなかった。

互いのあいだに距離ができ、さびしくって、せつなくて、なのに連絡しようとしない臆病《おくびょう》で傲慢な自分がもっといやになり、そのぶん、あんたたちだって悪いんだよ、と二人を責め、かえってどんどん傷は深くなっていた……。

わたしは、部屋に戻り、机の引き出しから、ディノの包帯を取り出した。

またきれいに手洗いし、日に当てて乾かし、もとの純白の包帯に戻っている。

人のからだは再生する。傷口はふさがり、肉が盛り上がる。心はどうだろう。

包帯を胸に当て、電話を手にした。

ふたたびベランダに出て、わずかしか見えない星と向かい合い、いまも親友と信じる相手の、登録したままだった番号を押した。

13　再々会

リバーサイド区へ来ると、しぜんと緊張《きんちょう》する。

数年前まで田んぼや畑だったところに、高層マンションとショッピングセンターが建ち、映画館が上の階にいくつも集まったファッションビル、ホームセンター、大型電機店、スポーツジム……さらに川沿いの緑地をつぶして、アウトレットモールと数棟の大型マンションが併設《へいせつ》された小さな町のような区画が造られてからは、いっそう開発が進み、いまも少し来ないあいだに、新しい店が次々と生まれている。

今日は土曜日ということもあって、ひときわ混雑しており、わたしは迷彩《めいさい》のミリタリーパンツにトレーナーって、ふだんの格好で来たことを後悔した。

〈うちがもっとお金持ちの家だったらよかったのに〉

親に何度もそう言ったのを思い出す。父親がまだ家にいたときにも言ったし、中学の頃、テンポが素敵《すてき》なワンピを親に買ってもらって、うれしそうに着ているのを見たあとも、母の前ですねたように口にした。

そのとき母は、聞こえなかったふりをして、掃除《そうじ》を忘れてたと言い、お風呂場《ふろば》へ入っていった。高校に進んだら絶対バイトしようと決めたのは、そのときだ。けど、わたしはあのときなぜ、本当はそんなに好みでもないワンピがほしかったんだろう……理由だけでなく、服の色もデザインも忘れてしまっている。

ブランドショップの前で足を止め、ウインドーに飾ってあった高級なワンピをながめた。団地の近くや、母の実家の鬼栖村を歩くときには、いまの服で十分と思うわけだから、お金って、自分がいまどこに居るかによって、要る、要らないの量が変わるのかもしれない。

「へえ。ワラも、こんなワンピをほしがる、セレブっ娘《こ》になったんだ」

背後から、聞き覚えのあるハスキーな声がした。

「リスキ」と、呼んで、振り返る。

ざっくり刈り上げた印象の金髪が目立つ、小柄な女の子がほほえんでいた。

黒革のパンツに、『NO!』と書かれた七分袖のTシャツ、革ジャンは着ずに肩に掛けている。

リスキは、マスカラを濃いめにつけた目でウインクをし、

「電話、サンキュ。うれしかったよ」

わたしは、あわてて首を横に振った。

「ずっと連絡しなくてごめんね。会いたかったんだけど、いろいろあって」

「いいよ、お互い様なんだから」

いま何してるの、バイトもやめたって聞いたけど、先々どうするつもり、いまどんな人たちとつきあってんの……。聞きたいことはたくさんあるのに、好奇心以上の、友情のあらわれとして、誠実にたずねるには、どうしたらいいんだろう。本当に必要なことを、わたしたちはまだ何も学んでいないって、こういうときに息苦しいほど意識する。

「こないだ、たまたま、リスキがレゲエ・クラブから出てくるところを、見かけたんだけど……突然だったからびっくりして、何話していいかわかんなくて……あのまま行っちゃって、ごめんね」

「あれやっぱりワラだったんだ。こっちもよくわかんなかったから、声をかけそびれちゃってさ。やっぱお互い様だね」

リスキの優しさが伝わる。あの場合、明らかにわたしのほうが避けた形だったのに、罪を分けて、共犯者になろうって、ほほえみかけてくれたように思えた。

「ワラ、リスキ。こっちだよ」

タンシオの声が届いた。三人で待ち合わせたファーストフードの店の前で、子どものように大きく手を振っている。花柄のワンピに、丈《たけ》の短いデニムのジャケットを着て、手首に巻いたビーズをじゃらじゃらと鳴らしていた。

「あとはテンポだけか。いつも時間前には来る子なのに、めずらしいね」

わたしたちを迎えて、タンシオが言った。

「あ、そのことだけど、テンポは別のところで待ってるんだ」

わたしは、ちょっと気まずかったけど、説明した。

一週間前の夜、わたしはリスキとテンポに電話をし、四人で会おうと持ちかけた。

リスキは、わたしとタンシオだけならいいけど、テンポと会うのは、「なんだかね」としぶった。わたしは説得をつづけ、「ワラがそこまで言うなら」と、彼女に承諾《しょうだく》させた。

ただ、テンポも同じだった。やはりリスキと会うことには抵抗があったようだが、説得して、「そうだね、久しぶりだもんね、ちょっとでも会おうか」と、OKをもらった。

ただ、テンポは、進学塾《しんがくじゅく》に英会話などの習いごと、家庭教師も週に三日来るらしく、予定がずっとつまっているという。それでも、土曜の午後、同じマンション内の中国語教室を終え、家庭教師が来るまでの、一時間ならあいているので、できれば自分の部屋へ来てもらえないか、と言った。

リスキとタンシオに、そのことを話すと、タンシオは仕方ないよねとうなずいたが、リスキの目が急に鋭《するど》くなった。

彼女は、へえ、と、わざとらしい声を出して笑みを浮かべ、

「テンポはお偉いんだね。うちらには、時間がありあまってるとでも思ってんの」

「そんなこと言わないで、リスキ。お店だと、お金もかかるじゃん」

タンシオがとりなすように言った。リスキは、ふんと鼻を鳴らし、

「で、あの子、いま、どこに住んでんの」

わたしは、彼女が両親とお兄さんとで暮らしているマンションの名前を告げた。今年の春に新しく完成した、市内で最も高いビルで、テンポたちも越したばかりらしい。

リスキの顔がこわばった。怖いくらいに目をとがらせているので、

「どうしたの。何かあるの、リスキ」

わたしは不安になってたずねた。彼女は、質問をかわすように目を伏せ、

「なんでもない。そう、あのマンションか……いいよ、一度行ってみたいと思ってたんだ」

と、場所も知っている様子で、先に立って歩きだした。

確か古いアパートとか小さな工場とかが集まっていた場所だと思うけど、そこがいまはきれいに開発されて、見上げると首の痛くなるようなタワーマンションが建っていた。玄関《げんかん》は大理石張りで、オートロック方式のインターホンの前に立つだけでも緊張する。

わたしは、テンポに教わった部屋番号を押した。

はい、と女の人の声が返ってきた。

「あの、テンポ……じゃない、本橋阿花里さんいらっしゃいますか」

ついうわずった声でたずねた。

愛らしい息を吹きかけてくるような笑い声が聞こえ、

「いらっしゃい」

玄関ドアのロックが外れる音がした。

ドアの前で待っていたリスキがすぐに開き、タンシオと入ってゆく。わたしは、カメラのほうへ手を振ってから、二人のあとを追った。

最上階は住民用の展望ロビーで、夏に川原で開かれる花火大会も、特等席で見られるらしい。テンポの部屋は、そのワンフロア下の、住居としては最も高い場所にあった。

黄金《こがね》色の天井に、ふかふかの真紅のカーペットを敷いたゴージャスなエレベーターに驚き、奥の鏡に映る自分の姿にため息をつく。ほどなく上昇が停まり、金ピカの扉が開くと、目の前に長身の女性が立っていた。パープル系のブラウスに、カーキ色のサブリナパンツをあわせ、細く伸びた首を少しかたむけて、

「いらっしゃい、おひさしぶり」

と、ほほえみかけてくる。テンポにお姉さんなんていたっけ……そのくらいびっくりして、すぐには挨拶《あいさつ》もできなかった。

突然、隣にいたタンシオが、わあと高い声を上げ、

「テンポ、すっごいきれい。しゃれおなごだねえ」

熊本の言葉で、美人だと言い、目の前の相手に抱きついていった。

タンシオのこうした屈託《くったく》のない明るさが、わたしは大好きで、絶対にかなわない才能だなって思う。

「シオだって素敵じゃない。ワラは、相変わらずボーイッシュ系が似合うね」

テンポは、わたしを落ち込ませるようなお世辞を言い、硬い顔でリスキを見た。

「ああ、まだ耳がキーンって鳴ってる。こんな高い場所に住むなんて、雷鳥《らいちょう》かよ、つーの。ほんと信じらんない」

リスキは、からだをぶるっとふるわせ、肩に掛けていた革ジャンに袖を通した。

テンポは、表情を変えずに顔をそらし、わたしたちを部屋へ案内した。

彼女の暮らす部屋は、リビング・ダイニングがとても広く、正面の窓から、市の中心部が一望で見渡せた。

やはりタンシオが真っ先に反応して、すごーい、あれが見えるこれが見える、あたしんチはこっちで、ワラの団地はあのあたりだ、と歓声を上げた。うちは団地ではなくマンションと申しております、と、いつもなら言い返すんだけど、さすがにこの部屋を見せられたあとでは、気持ちがなえる。

「あんまり高い所で生活してると、病気になりやすいってテレビでやってたな」

リスキが、興味なさそうに外を見ながら、ぶっきらぼうな声でつぶやいた。せっかく四人で会うことにした計画が台無しになる雰囲気に、わたしは彼女の肘《ひじ》をつついて、「リスキ」とたしなめた。彼女は、顔をそむけながらも、口をつぐんだ。

テンポは、勉強部屋も少しだけ見せてくれて、わたしの部屋の倍はあるのに、

「ここは狭いから、リビングで話そうか」と言った。

彼女の家族は、それぞれ用があって出かけているという。

コーヒーが用意されており、うちみたいなスーパーの特売で買う、違いのわかるインスタントじゃなく、ドリップでいれた本格派で、期待して飲んでみた。すっぱくて苦くて、わたしとタンシオは、テンポが見ていないあいだに、たっぷり

ミルクと砂糖を入れ、違いのわからないミルクコーヒーにした。

「方言、まだ使ってる？」

わたしはテンポにたずねてみた。彼女は驚いた顔で、首を横に振る。

「そんな機会ないし。二人は同じ学校だから、まだ例のクラブ、つづけてんの」

「ときどきね。でも、二人だと新しい方言がなかなか増えないから、惰性《だせい》って感じになる」

「リスキは、どう。使う？」と、タンシオが明るい声でたずねた。

「使わないよ。なんであんなバカなことをしてたのか、いまだにわかんない」

リスキは、やせ我慢だと思うけど、コーヒーをブラックのままで飲み、ぐっと唇を引き結んでいた。ちょうどいいチャンスだと思い、

「じゃあ、テンポとリスキは同じってことだよね、方言卒業組ってことで」

わたしの言葉に、リスキは少し眉をしかめたが、何も言わなかった。

「でね、わたしとシオも卒業して、今度、新しいクラブを立ち上げることにしたんだ。二人にも、そのクラブに参加してもらえたら、と思ってるんだけど、どうかな」

わたしは、『包帯クラブ』のことを、大事な部分だけ、たとえばディノのことは誤解されそうだから省略して、話した。

次第に、二人の表情が戸惑いの色を濃くし、そのぶんわたしは焦ってしまい、本当に伝えたい想いの半分も言葉にできなかった。でも、

「ワラの話はさ、ただ聞くより、実際に経験したほうがよくわかると思うんだ。わたしもそうだったけど、包帯を巻いてもらった風景を見たら、気持ちがすっかるくなったんだよ」

タンシオがサポートしてくれたこともあり、わたしは思い切って、

「二人の傷っていうか、二度と行きたくない場所ってある？　試しに、そこに包帯を巻いてみるってのは、どうかな」

と勧め、テンポとリスキの顔を交互に見た。

二人とも黙っている。急に心の傷なんて話したものだから、混乱しているのかもしれないと思い、

「そんなに深刻に考えないで。遊び感覚で、とらえてもらっていいんだから」

と、相手の気持ちをほぐそうとして、笑いかけた。とたんに、

「遊びなの？」

と、リスキが眉のあいだに皺を寄せ、険しい声を発した。

「あ、そうじゃないんだけど……。そんなに重くとらないで、ってつもりでさ」

「どんな意味があるの」

今度はテンポが、わたしの言葉をさえぎるようにたずねた。

「あ、意味っていうか……だれかが少しでも気持ちが軽くなったら、うれしいなって」

「そんなつまんないことで、本当に気持ちが軽くなるの。なぜそれがわかるの」

テンポの声が冷たくとがった。「たとえ、あなたたちが軽くなったとしても、みんながそうとは限らないでしょ。だれかの気持ちが軽くなったとしても、そのときだけの幻想としか思えないし、それを見てうれしいって喜ぶのも、ただの自己満足じゃない？」

彼女の言葉が胸に痛かった。薄々わかっていたことを、正確な言葉にされた感じ。

でも、それでもいいと思って動きはじめたわけで、うちらのそんなに単純でもない、ちょっとこみ入った感じを、うまく言葉にして返したかったけど、テンポの切れ長の目に見すえられて、舌が縮み上がったようになってしまった。

「もうわたしたち二年なのよ、じきに受験だよ。そんなことしてる暇《ひま》あるの？」

テンポは、深くため息をつき、ソファの上で足を組んだ。わたしたちよりずっと年上の雰囲気を、きっと彼女自身も意識して、内側からかもし出した。

「こんなこと、心配だから言うんだよ。ワラ、もう子どもじゃないでしょ、包帯って何。あなたたち、他人のことなんて心配していられる身？　この先、どうするつもり。大学は。シオも大学行くんでしょ。どこ受けるの。先々の就職のことも頭に入れて、いまから準備しとかないと大変だよ」

わたしもタンシオも、大理石のテーブルに置いたコーヒーカップに目を伏せていた。

テンポ、そんなことわかってるよ、って言いたかった。

わたしたちが、『包帯クラブ』に見てるのは、いまテンポが言ったことを、本当にそのとおり信じていいのかっていう不安だし、何かその言葉では補いきれないものの存在を感じてるからなんだよ。

でも、テンポの話す将来は、実際にいくつもモデルがあるからイメージしやすく、複雑な問題もあえて単純化して言い切ってみせるから、勢いが出て、反論しにくい。

「時間は限られてるのよ、ワラ。社会は甘くないんだから、いまはなんだって競争なんだから、いま遊んでたら、きっとあとで泣くことになるよ」

テンポは、母親のような口調で言って、また足を組み直した。

そのとき、リスキが、ぽん、ぽん、と投げやりな拍手を広い室内に響《ひび》かせた。

「ごりっぱだ。友だちを、もう上から見てるんだからね、すごいよ」

「何よ、その言い方……わたしは、みんなの心配をしてるんでしょ」

「みんな？　わざとうちのことを外して？　リスキ、大学は行かないのって、どうして訊かなかったの」

テンポが気まずそうに目をそらす。リスキは、ソファの肘掛けを軽くたたき、

「あんたの言葉なんて、耳タコさ、さんざん言われてきたことだよ。けどテンポ、前からハンデをもらって有利な立場にいるやつが、同じレースにみんなを誘うなんて、えらく汚《きたな》いね」

「何のことよ。わたしがどんなハンデをもらってるって言うの」

「あんた、全部自分の努力次第だって思ってるでしょ。きれいなワンピを見せびらかしてた中学の頃から、そうなんじゃないの？　けど、こういう人を見下ろす場所に暮らして、一流の塾や家庭教師に習えるのも、あんたの力？　逆にそういうのに恵まれなかった子は、全部自分のせい？」

「そんなの、だって……仕方ないことじゃない」

「自分が何をもらってるのか見ずに、高いところから口きいてんのが、腹立つっつうの」

「何よ、心配しただけでしょ。ワラたちが、こんな時期に、ばかげた遊びをまだやってるから、そんなことしてていいのかって……こっちだって、わざわざ時間作ったのに」

わたしはもう聞いていられなかった。仲間がこんな言い合いをするのはつらい。

「ごめん。わたしがへんなことを言い出したから。今日は帰るよ」

タンシオも、そうだね、話はまた、今日は帰ろうか、と一緒に立ち上がった。

だけどリスキは、そのまま座っていて、わたしが彼女をうながすと、

「このマンション……ここにはさ、この下にはさ、工場があったんだよ」

リスキは、吐き捨てるように言って、ソファから立った。窓際に進み、

「いまは仕事をなくして飲んだくれてる親父が、三十年間働いていた工場のあった場所に、建ってんだよ。この土地をほしい連中が、わざと融資して、無理な操業させて、少し返済が遅《おく》れただけで工場つぶして、土地取り上げて、こういうのを建てて、あんたらみたいなのが暮らしてる……。何が心配だから言うだよ。みんなが同じレースを走ってくれないと、不安なだけだろ」

わたしは、リスキの腕に手をそえた。もうやめよう、自分の言葉で自分が傷つくよ。

リスキは、わたしの手を振り切るように玄関へ向かった。タンシオが追いかけた。

わたしは、顔をそむけているテンポが気になって、「大丈夫?」と声をかけた。

「帰って。だから、もう会いたくないって言ったのに……」

「ごめん……そんなつもりじゃなかったんだけど……また」

また連絡する、つづけて言うはずの言葉は、冷え切ったテンポの横顔を見つめ

るうち、喉のあたりで死んでしまった。

「コーヒー、ごちそうさま。おいしかったよ」

外へ出て、廊下を走っていく。エレベーターのなかで二人が待っていた。リスキは壁のほうを向いてじっとしている。からだが落ちてゆく感覚に、おなかのあたりがぎゅっとしぼられる。気まずい沈黙の時間が過ぎ、扉が開く。リスキが顔をそむけたまま飛び出してゆく。タンシオが懸命に追って、やだよリスキ、と叫んだ。

「やだよ、こんなのでまた会えなくなるの……」

玄関を出たところで、リスキは足を止めた。植え込みのツツジを憎《にく》らしげに見つめ、いきなり蹴って、赤紫色《あかむらさきいろ》の花を散らした。前の通りを歩いていた人々が何事かと振り向いている。

わたしは、リスキの腕を後ろから取って、

「包帯巻こう」

と言った。「そんなことしないで……。工場、どのへんだったの」

リスキは、荒《あら》い息をつき、わたしを見つめ、タンシオを見て、唇をかみ、マンションの裏手に向かって大股で歩いていった。わたしたちは無言でついて歩いた。

ビルの日陰に大きな駐車場《ちゅうしゃじょう》が広がっている。その前でリスキは止まった。

「ここなの？」

一面にコンクリートがきれいに打たれ、何か別の建物があったなんて、もう信じられない場所だった。

わたしは、トレーナーのポケットから包帯を出し、タンシオと一緒に、駐車場の入り口に設けられた鉄の門柱に巻き、いいところで切って両端を縛った。さらに駐車場内に入って、非常灯の柱、ハナミズキの木の幹、また戻って反対側の門柱と、合わせて四つの角ができる形で巻いた。

この四角形のなかに、リスキのお父さんの工場が見えてきたらいいなって。

「ばかなんだよ、おだてられて、いい気になってさ。景気がよくなりゃ、なんでも買ってやるぞ、なんて。そんなの望んでないよ、そんなの……みんなでずっと一緒にいたかっただけだよ……」

リスキは、四つの角の中心に進み、優しい声で言うと、顔をおおって泣いた。

【ワラオジ報告】

はじめまして。笑美子の叔父の忠次《ちゅうじ》でございます。笑美子は、皆様からワラと呼ばれていますので、ワラの叔父ということで、ワラオジと呼ばれております。

笑美子の、もとい、ワラの、親友でありますタンシオちゃんから、いまワラが『包帯クラブ』のことを皆様方に報告しているので、わたしにも一文を寄せるようにと言われ、何を書いてよいか困りましたが、内々の打ち明け話でよいとのことですので、皆様方には、さぞ興ざめすることかと存じますが、ごくごく現実的なご報告を、短くさせてください。

わたしは現在、久遠市を流れる川の上流にある故郷鬼栖村に戻り、村長を務めさせていただいています。ご存じの方もいるでしょう、村は一時、県外の業者が投棄した産業廃棄物《はいきぶつ》に埋もれかけ、ダムの水さえ汚染《おせん》されかねないという騒動となりました。放浪癖のあったわたしもそれを機に村へ戻り、『包帯クラブ』のメンバーや村民たちと、県や国に働きかけ、手当てに走ったわけです。その甲斐《かい》あり、村は落ち着きを取り戻し、当時は体調を崩《くず》した母、つまりワラの祖母も元気になって、八十歳のいまも毎日畑に出ています。

ただし、県内外の廃棄物を、さらに山奥に埋める計画も進行中で、油断はなりません。

もうひとつの大きな変化は国政に関することです。わたしの姉、すなわちワラの母親が勤めていた精密機器メーカーが、武器にも転用できる部品を製造・輸出していたのは、ワラが高校生の頃にも、すでに知る人ぞ知る事実でした。それが国際貢献《こうけん》の一環として、自衛目的であれば、完成した武器の輸出も許可されたため、自分たちの作った製品で人が死ぬ可能性に反対する市民と、経済的な効果を期待する市民とに、市も県も二分されて、いまも溝は深まるばかりです。こうした溝の影響を最もつらい形で受けるのが、（ワラの頃もそうだったように）子どもたちなだけに、残念なことです。

いかに裕福になり、便利な世の中になろうと、包帯を巻く場所はなくならない……くじけることなく、認めつづけねばならない現実です。

さて、ボリビアまで来て、一時わたしと旅した井出埜君がいまどうしてるか、ご存じの方はいませんか。わたしをワラオジと呼びはじめたのも井出埜、もとい、ディノ君でした。

心拍数がもともと低い彼は、高地でも活発に動き、海外の企業に土地を奪われた先住民を熱心にカメラで撮ったり、奪われた土地に包帯を巻いて撮った写真を人々に配ったりしていました。お祭り好きの性格は、地元の人からも愛されていましたよ。

危険な仕事に就いたのは知っていましたが、つい先日、少し不吉な噂を耳にしたもので、心配しています。いまさら言うのもなんですが……本当は、ワラと幸せになってくれたら、と願っていただけに、それがいまも残念です。

いや、こんなことまで話しては、ワラに叱られてしまいますね。タンシオちゃんのほうで、載《の》せるかどうかは判断してください。

では皆様、一度鬼栖村へお越しください。お待ちしてます。以上、ワラオジでした。

14　青空

翌週の土曜日から、『包帯クラブ』の活動は本格的に始まった。

わたしたちは、晴れた空のもと、卒業した中学校のグラウンドで、サッカー部が対外試合に出て留守なのを幸い、隅にやられていたサッカーゴールのポストに包帯を巻いた。

部室脇に、空気の抜けたボールが転がっているのも見つけ、怪我をした頭に手当てをするように、そのボールにも巻いた。

撮影の際、ディノがカメラを構えて、わたしに包帯を巻いたボールを胸に抱き、マネージャーのような顔で、ゴールネットの前に立てと言った。

「なんでそんなことしなきゃいけないのよ」

と、わたしは納得がいかず言い返した。

「そいつは中学生最後の大会で、オウンゴールして負けたのを、いまも悔やんでんだろ。マネージャーが〝ドンマイ〟と言ってるって、夢にでも思えたら、元気も出るよ」

そうか……わたしが憧《あこが》れの女子マネってわけか。がぜんやる気が出て、髪を耳の後ろへかき上げ、瞳《ひとみ》もうるんでくるよう、胸の前で手を合わせた。

「気味が悪いことやめてくれ、ワラ。必要なのは雰囲気だけだよ。顔はあとで修整して、ぼやかすんだから」

そばにいたタンシオとギモ、リスキまで声を殺して笑った。

うちらのページに、包帯を巻いてほしい、とメールを寄こした記念すべき第一号のリクエストだったから、撮影のときは我慢したけど、終わったとたん、空気の抜けたボールをディノの頭にぶつけた。

先に断っておいたほうがいいと思うんだけど……この世界には、ものすごく醜《みにく》くて、涙も出ないほど悲惨《ひさん》で、知らずにいられたらどんなに幸せだったかと思うほどむごたらしい傷が、実際に存在していることを、わたしたちも自分たちなりに知っている。

でも、当時の『包帯クラブ』は、そうした傷の相談を受けても、どうにもできなかった。それは、ホームページを見た人たちも同じだったろう。

本当に生きるか死ぬかって傷を受けた人は、包帯を巻く程度で何が変わるんだ、笑わせるな、と思ったはずだ。

ギモが、ネット上でクラブを紹介する際、自分たちの行ける範囲と、できる事の限界を、『巻けます。効きます。人によります。』ってキャッチフレーズを掲げて、けんか別れや失恋などの例を書き添えていたこともあり、返事をくれたのは、ささやかで、ありふれてるかもしれない、けど当人には意外に心の負担となっている傷だった。

わたしたちは、野球部のバックネットと、ベンチ裏に転がる折れたバットにも巻いた。三年間一度も試合に出られなかった子の要望だった。

補欠だったことは、自分が下手だったんだから仕方ない、ただ当時の仲間と会うと、試合の話ばかりになるため、話に加われないのがつらい、と書いてきた。だから最近は、古い仲間とも会わなくなり、それも痛みになっているらしい。

「……あたし、そういう子の気持ち、よくわかってなかったかもしんないな」

中学時代にハンドボール部で活躍《かつやく》したリスキがつぶやいた。

「だったら罪ほろぼしに、包帯を巻いたバットを持って、バックネットの前に立ってみてよ」

ディノが勧めて、革ジャンに金髪のリスキがバットを構え、レンズの前に立った。

「さすがに、そんな格好のマネージャーはいないか」

ディノはカメラを下ろして笑い、リスキもこれじゃあ殴《なぐ》り込《こ》みだよと笑った。

二人が仲良くやっていけるのか不安だったけど、ディノのスキンヘッドと不登校が、リスキに親近感をいだかせたのか、妙に馬が合った様子で、わたしたちもほっとした。

校内の体育倉庫の前では、告白してふられた女の子のために、倉庫の鍵に包帯を巻き、タンシオの小指にも包帯を巻いて、鍵と小指とを並べて撮影した。

今後も学校内の相談は多いだろうと話しながら、いったん引き上げようとしたとき、ひとりの教師が歩み寄ってきた。

おい、きみらはここで何をしてる、とドスのきいた太い声をかけてきた相手を見て、びっくりした。服装検査のふりをして、よく女子生徒のお尻をさわってきた生活指導のスノウチだ。

リスキは顔をそむけて、行こうぜ、と足早に去ろうとしたが、ディノがいつものお調子者を発揮して、

「卒業生でーす、抑圧された中学時代がなつかしくて来てみましたー」

と、両手を上げて、親しげに振った。

スノウチは顔をしかめ、うちの卒業生が金髪にしたり髪を剃ったりして、どういうことだ、来るならちゃんとした服装で、まず職員室へ挨拶に来い、と言った。

たぶん以前のわたしなら、小さくなって、すみませんと口のなかでつぶやき、こそこそ帰っていったように思う。なのに、なんでだろう、相手を恐れる気持ちがほとんどわかず、

「先生、いまも服装検査をしながら女子生徒のお尻、さわってるんですか」

と、笑顔で口にしていた。スノウチが驚いた表情で目を見開いた。

「あれ、すごく評判悪かったですよ。後輩たちにはやめてくださいね」

「本当、あれはいやでした。ずっといやでしたから」と、タンシオも言った。

スノウチは、言葉を失った様子で、目をしばたたき、どう対応すればよいかわからないのだろう、その場に立ち尽《つ》くしている。

わたしは、じゃあまた来ますから、と告げて、みんなと校門から出た。

リスキが、顔を輝かせて、跳《は》ねるようにわたしとタンシオの前に立ち、

「あんたたち、すごいね。言っちゃったね。よく言えたね」

わたしとタンシオは顔を見合わせた。びっくりしているのは、わたしたち自身だった。

「例の、学校の傷のひとつだろ。包帯で、よくなったのかな」

ディノが笑顔で言う。ギモもほほえんでいる。

ディノの卒業した中学校に包帯を巻いたとき、わたしたちが受けた傷のことも、彼らには聞いてもらった。傷を言葉にして言えたことと、傷を共有した人と一緒にいられることで、少し強くなれたのかもしれない。

わたしたちは、東地区のさびれつつある商店街へ向かった。

シャッターを閉じたままの文房具店の前に立つ。ここで何度か万引きをした子から、メールをもらった。自分の行為で店がつぶれたんじゃないか、店番のおばあさんを苦しめたんじゃないか、と彼は悔やんでいた。

ギモは、自分もここで万引きしたことがあると白状したうえで、包帯を巻くこ

とによって、万引きした人間を許すことになってしまわないか心配だと言った。

「でも、うちらが、人を裁くこともできないよ」と、リスキが言う。

「小さな店がつぶれるのは、政治の問題もあるしな」と、ディノが言った。

わたしたちは、だったらお店が受けた傷にも包帯を巻こうと話し、包帯の端を、シャッターと壁の隙間にはさんで、真一文字に包帯を店の前に渡すようにした。そして、ギモに包帯を巻いたボールペンを持たせ、お店に頭を下げているところを撮影した。

南地区の公園では、歩道と車道との境のガードレールに包帯を巻いた。愛犬を亡くした女の子のメールに応えたものだ。彼女の投げたボールを追いかけた愛犬が、車にはねられたらしい。園内に咲くアザミを摘《つ》み、ガードレールに巻いた包帯のすき間から芽吹いたように挿《さ》す。アザミが風に揺れているところを、写真にして送ることにした。

ギモがまだ簡単なページを立ち上げて実質三日、そのあいだに送られてきたメールは、ひとまず回った。終わったときは夕暮れどきで、リスキが乾杯《かんぱい》しようよ、と、行きつけのレゲエ・クラブにわたしたちを誘った。

ずっと入ってみたかった場所だけど、うちの高校もギモの高校も、こうした店への立ち入りは禁止しており、見つかれば停学は免《まぬが》れない。

リスキが先に入って交渉してくれて、開店前の店の裏口から入り、保導の教師（補導は警察、教育関係者の保護や指導は保導って書くんだって、念のため）も店の許可がなくては進めない奥のボックス席に、わくわくしながら座った。

カウンターのなかにいた男性は、内面の熱情があふれて外にあらわれ出たような目が、少し日本人ばなれした人だった。わたしたちにウインクを送ってくれて、タンシオとギモが手を取り合ってキャアキャアはしゃいだ。

横揺れのリズムで楽しげに自由解放を歌う音楽を聴きつつ、学校へ行っていない二人は本格的なカクテル、わたしたちはジュース九九パーセントにアルコールを一、二滴って感じのカクテルを飲ませてもらった。

ギモは、少しのお酒で酔ったのか、いま将来の夢が決まりました、と言った。こういうお店を開いて、みんなのような人を応援する場所にするんです。

彼の言葉に誘われたのか、リスキが、あたしはその店に収穫《しゅうかく》した野菜でも送るような仕事がしたいな、とつぶやいた。外見に似合わない言葉にみんなが驚くと、彼女ははにかんだように頬を赤らめ、工場とかもうしんどいしさ、ひろ〜い場所で土とか自然を相手に働けたらと思うんだよね、と言った。

ディノは、じゃあおれはギモの店でストリッパーでもやるか、と言った。

冗談抜きでディノさんは将来何をするつもりですか、とギモがたずね、ディノが答える前に、カメラマンがいいと思う、とタンシオが言った。

じゃあ、シオちゃんはおれの嫁さんでどう、とディノが誘い、苦労するのがわかってるから遠慮《えんりょ》します、とタンシオが断って、みんなで笑った。

わたし自身は将来のことを言わなかった。みんなが語る将来も、少しも確かなものでないのは、それぞれが自覚していたと思う。なのに、不思議にうつろな感じはなかった。

本当に自分たちのやりたいことがかなうのか、だれかに利用されたり苦しめられたりすることなく、生きがいに満ちた生活を送れるのか……不安が消えたわけではないけど、この（実は広いのに、追いたてられるような日々に疲れて、いつのまにかすごく狭く感じちゃってた）世界に、自分の居場所なんて、どこにもないんじゃないか、という恐怖は、しぜんと薄らいでいた気がする。

翌週までに、相談は倍以上に増えていた。

先週、わたしたちが包帯を巻いた人たちの反響が、思っていた以上によく、感謝されたうえに、ネット間で評判が回ったらしい。

梅雨のまっただなかなのに、ほがらかに晴れた土曜日の午後、リスキとわたしが卒業した小学校へ向かった。友だちと百葉箱の前で絶交して、以来十年以上連絡していないことを気に病んでいる人のため、百葉箱に包帯を巻き、その前でわたしとリスキが包帯を巻いた手で、握手するところを撮影した。

同じ小学校で、大切に育てていたウサギが死んでしまったことが、いまも自分のせいのようで切ない、と訴える元飼育係の子のために、飼育小屋をぐるっと包帯で巻き、ちょうど遊んでいた子どもたちに呼びかけて、その小屋の前で、いまいるウサギを抱いてもらって、撮影した。

タンシオとギモの卒業した小学校では、病気のお母さんに買ってもらった大事な靴《くつ》を、いじめによって隠された思い出に苦しんでいる子のため、全員の脱いだ靴に包帯を巻き、校内のあちこちにそれを置いて、撮影した。

けん垂が一度もできず、教師から、肉が重過ぎるんだよと笑われ、生徒全員にも笑われたことで、いまも本当には人を信じることができない、と語る相談者のためには、鉄棒にぐるぐる包帯を巻き、その端を宙に流し、服などで風を送って、空へ舞い上がったところを撮った。

また、同級生数人によって側溝《そっこう》へ突き落とされたことがいまもくやしい、という子のために、ディノを残して、わたしたちも側溝へ一列に並んで入り、流れる水に包帯を浮かべて、それぞれの足にからんで下流になびく場面を撮影した。

南地区の図書館、児童館、東地区の郵便局、日が落ちてからも、北地区のショッピングセンターの駐車場、と包帯を巻いてゆき、西地区の奥にある霊園へも出かけた。

おばあさんの幽霊《ゆうれい》を見て以来、お墓参りができなくなったという相談には、ディノがそんなの傷じゃない、と反対したが、自分たちで勝手に判断しないと決めていたので、全員で墓地に向かって手を合わせ、霊園の門に包帯を巻いた。

撮影後、画面を確認すると、手前に白いものが写っており、タンシオが悲鳴を上げ、ディノはわたしにカメラを押しつけて逃げた。よく見ると、撮影したディノの指がふるえてフレームに入ったのだとわかり、みんなで笑い、呆れて、ともかく翌週の昼間に撮り直すことになった。

その翌週、また晴れて……親友に彼女を取られた。親友に彼氏を蹴られた（元カレだったらしい）。二股かけられた。うちは七股だった（日替わりかよ）。医者に、悪いのは性格と言われた。美容師に、髪形より顔を変えろと言われた。凶悪犯《きょうあくはん》と名前が同じで振られた。アイドルと名前が同じだから好きだと言われた。小学校の恩師に羽毛布団を買わされた。友人に生えない薬を買わされた。親と似てないと疑われた。親そっくりだと笑われた。

……こんなことが傷？　と首をかしげたくなるものも、いくつもあったけど、きっと当人にしか感じ取れない痛みもあるはずだし、「そんなことだれにでも」とか、「ほっときゃそんなのすぐに」なんて言うのは、結局は自分本位で判断してるだけで、実は人間という存在をみくびってるだけなんじゃないか、と思って、とにかく疑うようなことは口にせず、いろんな場所に包帯を巻きに出かけた。

ろうあの少女からもメールが来た。バス停で道をたずねられたとき、話せないため、無視かよっ、と足もとに唾《つば》を吐かれたという。

バス停に包帯を巻き、タンシオの叔母さんが手話を知っていたので教えてもらい、『そのバカにパンチ』と分担して手話を作り、撮影した。

翌週はとうとう梅雨が明け、夏の気配が感じられる澄《す》んだ空が広がった。川のやや下流沿いに、ずっと前につぶれたリゾートホテルがある。そこに包帯を巻いてほしいというリクエストが、HPに送られてきた。どんな傷かは書かれていなかった。

『ごめんなさい、言いたくないんです。でも巻いてもらえますか。そうしたら、少しは息をするのが楽になるかも……少しは眠れるようになるかも……しれませんから。』

その場所は、いまは封鎖《ふうさ》されているけど、以前はギャングだなんて名乗る少年たちの溜まり場だった。女の子が何人も連れ込まれたという噂もあった。

わたしたちは、そういう話を知ってはいたけど、何も言わず、廃墟《はいきょ》となった建物を囲む有刺鉄線《ゆうし》に、七夕《たなばた》の短冊《たんざく》を垂らすように包帯をいっぱい垂らし、撮影しようとした。

するとリスキが、待って、あたしにも巻いて、と言った。リスキは、服の上からだけど、ふだん水着で隠すところを逆に残し、ほかは全身に包帯を巻くよう求めた。タンシオがそれを見て、わたしも、と言った。

二人の女の子が、服を着ているとはいえ、水着で隠す場所をあえてさらし、ほかは足首から頭のてっぺんまで包帯を巻き、有刺鉄線の前に立つと、怖いくらいの迫力があった。ことに目や口まで巻かれていることで、うまく言えないけど、女という性の哀《かな》しみのようなものが伝わってきて、涙が出そうになった。

わたしも巻いてもらおうと思った。けど、ワラはそのまま二人のあいだに立ってくれないか、とディノが言った。

包帯を全身に巻いた二人にはさまれて立ち、わたしは無意識のうちに手を組み、祈る姿勢をとった。ディノは、軽口をたたくこともなくシャッターを切った。

そのあとリスキが、レゲエ・クラブのカウンターにいた男性の妹のために、巻いてほしい場所がある、と言った。

駅の西口と東口を結ぶ地下連絡通路へ、彼女はわたしたちを案内した。

「ここで、妹さんが制服を切られたんだって。サバイバル・ナイフでさ。駅からの帰りを、待ち伏せされたんだよ。チマチョゴリって知ってるでしょ、朝鮮《ちょうせん》の女の人たちの民族衣装《いしょう》。犯人はまだ捕まってないしさ。その子、もうずっとこの駅を利用できずにいるんだって」

ぜひ巻きたいと思った。でも、彼女自身の傷だけでなく、民族の誇りとか、アイデンティティって言われるものまで傷つけられたわけだから、それこそわたしたちの包帯なんかでどうにかなるものなのか……不安があった。かえって傷つけることが、怖かった。

「だからさ、写真はお兄さんのほうに見せて、彼女に渡すかどうか判断してもらうよ」

リスキの言葉を受け、わたしたちは駅の地下連絡通路へ入った。

包帯を巻けそうな場所はなかったけど、天井《てんじょう》を走っている黒いコードが無気味に見えたので、それを白く変えるため、ギモの肩にリスキが、ディノの肩にわたしが乗り、タンシオが包帯を渡す役割で、巻いていった。

通行人がいるときは、みんなで「こんにちはー」と笑顔で挨拶し、何してるのと聞かれたら、「美化運動です」と答えた。

巻き終えたあと、通路に五人が間隔《かんかく》をあけて並んだ。包帯を手に長く伸ばし、この場所には、もうひとつの白い道がまっすぐ通っているように見せて、一番手前のディノが包帯を片手に握ったまま撮影した。

翌日、リスキはレゲエ・クラブへ出かけ、わたしたちも会ったことのある、ユンという熱情的な目をした男性に写真を渡した。

ユンさんは、しばらく写真を見つめたあと、妹に見せるかどうかはわかんないけど、気持ちはうれしいよ、いまもまだ天井のコードに巻いた包帯が残ってるなら、見に行ってみるよ、と言ってくれたという。

そう、わたしたちは、あちこちに包帯を残してきた。

他人の家やマンションなどでは回収したけど、残したほうがきれいに見えるものもたくさんあって、公共の場所などにはあえて残し、なかには雨や排気《はいき》ガスで黒ずみはじめているものもあった。

そして、このことが大きな問題となり、『包帯クラブ』は解散に追い込まれた。

15 雨雲

町のあちこちに薄汚れた布が放置され、町の景観をいちじるしく汚している。だれがそれを言いはじめたのかはわからない。でも、わたしたちの知らないところで、包帯は薄汚れた布に、〈手当てされた風景〉はいちじるしく汚れた景観、とされた。

はじめに警告に気づいたのは、ギモだった。HPに書き込みがあったからだ。だれとも知れない複数の人物から、

『迷惑《めいわく》だ』

『すぐにやめろ』

『ゴミを町に放置するな』

などと送られてきた。どうせネット上のいやがらせか、やっかみだろうと、それを読んだわたしたちもたかをくくっていた。

だけど、その午後に集まることになっていた土曜日のこと、久しぶりの雨で、

体育館で朝礼があった。つねに胃が痛そうな顔をしている教頭が壇上《だんじょう》に上がり、市内で問題になっていることがある、と話した。

変なグループが、薄汚れた布を町なかに巻き、市民に迷惑をかけている、実に幼稚ないたずらで、見かけたらやめるよう注意してほしいし、心当たりがある場合、すみやかに先生方に話すように、といった内容だった。

そして、半日の授業が終わったあと、わたしとタンシオが職員室へ呼ばれた。二人で手を握って恐る恐る入っていくと、教頭と学年主任と担任の三人に囲まれ、おまえたちに聞きたいことがあるんだ、と担任に言われた。

どういう話かわかるか、と、ふだん言葉を交わすこともない学年主任に問われ、わたしたちはさらに強く手を握り合い、そろって首を横に振った。

今朝の話だよ、と教頭が言い、薄汚れた布を巻く連中のなかに、きみたちがいるのを見たという者がいてね、本当かね、と目をすぼめた。

わたしたちは答えずにいた。担任が、なぜ黙っている、と言い、学年主任は怖い顔をして、嘘はつくなよ嘘は人間として最低だ、と声を低く響かせた。

そのとき、迷っていたわたしの心が決まった。

わたしたちは子どもの頃から、いろいろなニュースで、その最低のことを立派な大人《おとな》がしているのを見てきた。日本や世界のリーダー的な人たちは、学年主任の言う最低のことをしても、なお高い地位にいることが許されている。だから、わたしはクラブを守るため、そうした人たちの真似をすることにした。

「いいえ、知りません。わたしたちじゃありません。わたしたちはしてません」

堂々と強い口調で言い切った。タンシオにも、わたしの想いは伝わったらしく、

「してません。見たって人の、間違いです。いったいだれが言ったんですか」

教頭たちは、困った様子で互いの顔を見合い、本当だな、嘘じゃないな、と学年主任が念を押した。

「はい。本当です。信じてもらっていいです」

信じてほしい、とか、信じてください、とか、お願いの言葉は使わなかった。それに本当のところ、わたしたちは嘘をついているとも思っていなかった。わたしたちは薄汚れた布なんて巻いていない。町の景観を汚したつもりもない。

わたしたちの揺るがない態度に、彼らも気圧《けお》されたのか、それ以上の追及《ついきゅう》はなかった。メールで確認すると、ギモの学校でも同様の注意があったが、呼び出し

は受けていなかった。

ディノとリスキに事情を話し、今日は活動を休むことにした。

翌日、アルバイトの昼休み中に、ディノから電話があった。リスキと一緒にこれまで包帯を巻いたところを見て回っているが、半分くらいが外され、目立たない場所にあって残っているものも、灰色に汚れているという。

うちの工場の窓枠《まどわく》に巻いた包帯も、残ってはいたものの、ひどく汚れていた。わたしは、タンシオと一緒にいったんそれを外し、家に持ち帰ることにした。

翌週の土曜も雨だった。ギモからの連絡で、HPへの批難がさらに増え、包帯を巻いてもらったという相談者からも、

『期待してたのに、何も変わらずにがっかりした』

『かえって腹が立った』

『結局わたしの傷で遊んだだけじゃないの』

といった返信があったことが伝えられた。

ファミリーレストランに、ひとまずみんなで集まり、そうしたクラブへの失望を表したメールを回し読みして、ひどく落ち込んだ。

リスキによれば、町なかを見回る警察官や保導の教師が、このところ増えている気がするという。包帯を巻く行為がどんな罪になるのか、くわしくはわからなかったけど、他人の私有地に入ることを罰する法律とか、落書きを取り締まる条令のようなものにふれるんじゃないかと、ディノが言った。

メンバーの気持ちは、すでにばらばらだった。ギモは、親や兄たちに怒られるのを恐れ、タンシオは、苦労して大学へやろうとしてくれている親のことを考えていた。リスキは、以前に警察に補導されたことがあるらしく、二度と同じ目にあいたくない様子だった。ディノだけはつづけたそうで、焦るあまりか、停学くらいくっても大したことないよと、無神経なことを口にした。

そして、わたしは、もし補導されて、夜中にため息をつきつき缶チューハイを飲んでる母が、警官や教師や会ったこともないだれかから、責められたり、子育てに失敗したなんて言われたりすることを考えると、とても耐えられなかった。

窓の外に目をやると、雨を重くふくんだ黒い雲に、町がおおわれていた。

「やめよう」

思い切って口にした。だれかが言わなきゃならないなら、それはわたしだった。

「ここまでにしよう。気持ちがそろわないまま巻いても、きっと効かないよ」

そのあとに訪れたのは、むなしさのあまりに、手足からすかすかと力が抜けたような日々だった。じきに夏休みに入り、時間ができたことが、かえって何もしない苦痛を感じさせた。

時間を埋めようと補習授業に通い、タンシオが進学塾の夏期講習にも参加したため、わたしは一人で日曜以外にも、月水金とアルバイトに出るようにした。

リスキとは、せっかく仲が戻ったからメールをつづけた。彼女はどこかの農場とか牧場へでもバイトへ行きたいけど、踏み出す力がなんか足りないんだよね、と言い、町のなかで無為に過ごしていた。

タンシオの話だと、ギモはアルバイトをやめて、進学塾の特別講習を受けはじめたという。父親やお兄さんから、大学へ行って、教員の免許を取るように命じられたらしい。

ディノは、何をしているかわからなかった。あえて連絡も取らなかった。

ある日、アルバイト先のパートの女性が一人、過労で仕事中に倒れた。別のパートと掛け持ちしていたらしい。彼女は病院へ運ばれ、それきり出てこなかった。だれも彼女がどうなったか口にしなかった。

それからまた二週間ほどして、正社員の人が三人、経費節減のために退職を求められたと聞いた。三人のなかには、わたしたちに競争を強いていた、工場の主任さんもいた。パートのおばさんたちは、職をなくすかもしれない社員の人たちに対して、更衣室《こういしつ》で着替えながら、ざまあみなさいと言い捨てた。

遅く帰ってきた母にそれを話すと、いやな話ね、とだけ言い、ベッドに倒れ込んだ。息がお酒くさかった。寝入った母の目尻は濡《ぬ》れていた。

だれか、母の背中を抱きしめて、そんなに焦るな、と、慰《なぐさ》めてくれる大人がいればいいと思った。でも、いなかった。

みんな孤立《こりつ》していた。

わたしも孤立していた。バイトのせいだけでなく、疲れていた。

夏休みも終わりに近づいた頃、ギモから連絡があった。

ディノが、前と同じ病院に入院したという。

わたしは、タンシオとリスキに連絡して、全員でお見舞いに行くことにした。

内科ではなく、外科病棟のベッドに彼は寝ていた。スキンヘッドだった頭には、いつのまにか高校球児程度の髪が生えそろっていた。

彼は、わたしたちを見て、一瞬驚いた表情を浮かべたが、

「よっ、待ってました。エロカワお女中たちのお目見えだ。苦しゅうない、近う寄れ。ね、言ったでしょ、おれは大奥を持ってるって」

と、ほかの患者《かんじゃ》さんにウインクし、だれか一人回しましょうか、と訊いた。

その彼の、胸から腹にかけては、白いシート状のものが貼られて、テープで固定され、言葉の軽い調子がかえって痛々しく聞こえる。

「大丈夫なの、まだ痛む？」

わたしは彼の軽口を聞き流して、たずねた。

「平気平気、見かけほどひどくないんだ。ちょっと火遊びが過ぎただけさ」

ディノが、胸から腹部をおおったシートの上を撫でるようにして言った。でも実際にはふれなかったから、いまも痛むか、用心が必要な状態なのだろう。

ギモが病院勤めの医師の息子から聞いたところでは、ディノは裸の上に爆竹を

何重にも巻いて、父親の車にこもり、火をつけたという。

家族も病院側も、意味がわからないと嘆《なげ》き呆れたというが、わたしには彼が、どういう立場の人の気持ちを一億分の一にしろ感じ取ろうとしたのか（それが間違った行為の真似だとしても）、おぼろげに理解できた。

「どうして、そんなこと、したんです……」

と、タンシオがつらそうな声で訊いた。

ディノは、少し困ったように表情をこわばらせたが、すぐに笑って、

「シオちゃんへの想いに、胸がこがれてさ、内側から火がついちゃったんだ」

「やめてください、そんな冗談ばかり言うの。こんなときまで、ひどいですよ」

タンシオが突然泣きはじめた。彼女の涙は、ディノのいまの言葉や、ベッドの上の状態に反応しただけではないと、わたしにはわかったし、リスキやギモや、ディノにも伝わったようで、だれもが顔を伏せ、黙りこんだ。

タンシオも孤立していた。何かに疲れていた。ほかのみんなも同じだった。

ディノが、気を取り直すように、わたしたちを屋上へ誘った。からだの内側はなんともなく、少しは運動をするように言われているくらいだという。

一応ナースステーションに申し出て、看護師さんに許可をもらい、わたしたちは彼を囲んで、転んだりしないよう注意しながら、屋上へ出た。

外は鈍く曇《くも》って、夏の、チキショーアチー、って笑顔で言いたくなるような日差しはまったく感じられず、蒸《む》し暑《あつ》い風だけがあたりによどんでいた。

ディノは、少し錆《さび》の浮いた金網のそばに歩み寄り、重苦しい雲の下に沈んだ印象の町を見下ろして、

「あ〜あ。今年は結局、泳ぎにいかなかったなぁ」と言った。

わたしもだ、と思った。

リスキが、あたしもと言い、ギモが、ぼくもですよと言って、タンシオも、うん、行く気になれなかったと言った。

「本当に終わりか……これで、終わっていいのかよ……」

ディノは、かつて自分が包帯を巻いた金網に額を押しつけ、つぶやいた。

その声の、いつもに似合わぬ悲しげな響きに、わたしたちも悲哀《ひあい》が胸にこみ上げてきた。

「ここに、包帯、巻いてみる？」

わたしは思わず口にした。

リスキとタンシオとギモが、わたしを振り向いた。

ディノも、ゆっくりとこちらへ首を回し、しばらくわたしを見つめたあと、

「やめとこう」

と言って、金網のほうへ顔を戻した。町がさらに暗く沈んで見えた。

「ここに流れてんのは、血じゃないからさ。これ、傷じゃないよ」

わたしたちは、そのあと長く黙りこみ、気まずく感じたらしいディノが、ほかの入院患者さんの、きっと嘘を多くまじえた、笑える（はずの）エピソードを話しはじめ、みんなが力なく口もとをゆるめたあと、屋上から降りた。

またね、と、それぞれが口にした。寂しい笑顔を見せ合った気がする。

でも、あのとき、わたしたちは本当にまた会えるって信じていただろうか。

きっともう、これで終わりになるんだなって、予感していなかったかな……。

だからさ……だからこそさ……また、会うことになったとき、包帯を巻くことに決めたとき、わたしたちは、とびきりの笑顔を交わせたんじゃないかな。

【リスキ報告】

ういす、リスキです。今年は気候に恵まれて、おかげさまで豊作です。ギモの店にも運んでます。うちの立派な有機野菜は、やつには少しもったいないけどね。ワラの報告には、ユンさんのことも出るそうですね。打ち明けちゃうけど、結局ユンさんとはうまくいきませんでした。あの人は、ほら、やっぱり血の熱い人だから、うちらが十八の頃に始まった、例の、もうひとつのアジアの町を作る闘争《とうそう》に戻りました。わたしも当時は、戦う意志に憧れ、彼と行動をともにしたけれど、いろいろあって、いまのこの土地に落ち着いたのは、クラブのみんなも知ってのとおりです。戦うことだけでは変えられないものがあると気づいたわたしたちと、戦いでしか変えられないものもあるんだと、いまなお意志を貫くあの人の立場は、つきつめてゆくと、どうしても行き違わざるを得ません。

ただし、あの人が傷ついて戻ってきたときに巻く包帯は、ずっと用意しつづけています。じゃあまたね、タンシオ。たまには村に遊びにきてよ。ユンさんの妹、ミンジョンから送られてきたキムチ、あなたのところへもおすそ分けで送るね。ワラへも送りたいけど、あちこち飛んで、忙しい子だからさ。あと、わたしもディノについての悪い知らせを聞きました。撃《う》たれたとかって……。間違いだといいけど。だれか情報をください。以上、リスキでした。

16 救出

始業式の朝、鳥の声は聞こえず、日が暮れたのかと思うほど空は暗かった。

重たく湿《しめ》った空気をかき分けて、眠気の泥がまといつく沼《ぬま》を抜け出すようにベッドから這《は》い出し、生ぬるい水で顔を洗う。

ダイニングテーブルの上には、急いでペンを走らせたのだろう、字の乱れた書き置きがあった。

『おはよう。今日から学校なのに、お弁当も作ってあげられなくてごめん。今日も遅くなりそう、先に寝ててね。』

流しには、昨夜も遅く帰ってきた母が飲んだらしい缶チューハイの空き缶が、逆さにして立ててある。

お母さん、始業式の日はお弁当いらないんだよ、せめてそのくらい知っててよ。

わたしのこと、もうちょっと知ってよ……。

甘えの裏返しの不満が、胸の内でくすぶる。

弟が起きてきて、わたしがおはようと言っても、無言でトイレへ入った。この無礼者、出したものと一緒に流されろ。

ため息をつき、二人分のパンを焼く用意をした。

始業式は、いつもながら、緊張感もなくだらだらとつづいた。

前にいるタンシオが振り返り、干《ひ》からびそう、とささやく。本当だよ、と目で答える。彼女とは、登校して一番に教室で顔を合わせたときも、『包帯クラブ』のことは一切話さなかった。

午前中で学校が終わり、塾の宿題をかたづけなきゃいけないからと、早々に帰宅するタンシオと別れ、町のなかを自転車で回った。つい確認したくなったのだ。

まず卒業した中学校へ行ってみた。サッカーゴールにも、野球のバックネットにも、体育倉庫にも、包帯はなかった。

小学校の百葉箱にも、飼育小屋にも、鉄棒にもない。ディノの出た中学校の校門の扉にも、図書館、児童館、神社の鳥居、駅前のバス停にもなかった。

駅の地下通路には、巻いたのが天井のコードだし、残っているかもしれない。でも、もう確かめにゆく勇気はなかった。

力なくペダルをこぎ、ふだんは勢いをつければ一気にのぼれる団地への坂も、早《は》やばやとあきらめて自転車を降り、あとはちんたら押してのぼった。

部屋に戻り、逃げるようにベランダへ出る。夕日も厚い雲に隠されて、朝と変わらない暗さで暮れてゆく。花壇のひまわりが枯れていた。

あらゆることが無になるのかな。どんな努力も懸命さも、やがてはなかったことにされるのかな。包帯のことだけでなく、あのときの高揚した気持ちも、仲間とのあいだに感じられた信頼も、わたしたち自身の存在さえも……。

もしそうなら、何のために生きているんだろう。生まれて、立って、歩きはじめて、未来を夢見て、なのに……孤立して、疲れて、無にされて……。

わたしは、胸の底から深く息を吐き出し、ベランダの柵に頭を預けた。

次の瞬間、柵の冷たさに、あっと気づいたことがあった。

どういうこと……っと思い返して、おかしくなって、わたしは笑いたくなった。

すごいよ、とつぶやく。

だって、わたしはいま、「だったら、死んでも同じだ」と思ったのだ。高揚した気持ちも信頼も存在さえもむなしくなるなら、死んでも同じじゃないかって。

ということは、つまり……いまのわたしには、ちゃんとした理由があるってことだ。なにげなく、じゃない。まぁいいか、でもない。いまのわたしには、死ぬための明確な理由がある。

自分には失われていると感じていた、何かをおこなうためのちゃんとした理由や動機が、いつのまにか戻っていた。あるいは、生まれていた……。

そのとき、電話が鳴った。

もしもし、もしもし、と焦った声で話しかけてくる女性の声に、聞き覚えはなかった。

「本橋《もとはし》阿花里《あかり》の母親ですけれど」

と言われたときも、テンポのお母さんだと気づくのに、五秒ほどはかかった。

「そちらに、阿花里はうかがってませんかしら」

お母さんの話では、今朝学校へ出てから、いまになっても帰らないという。

わたしは時計を見た。午後七時十五分。日はもう暮れたけど、中学生の弟でさえ戻ってきていない。それほど心配しなくてもいいように思えたが、

「始業式には出ていたそうです。でも二時からの塾へも、四時半からの英会話教

室へも行っていないんです。六時から家庭教師の先生が来られることもわかってるはずなのに、どうにも連絡がつかなくて。あなたとは小学校からご一緒でしたし、梅雨の頃でしたか、うちにも見えたと聞いていたものですから。もしかしたら何かご存じじゃないかと、昔の名簿《めいぼ》を見ましてね」

わたしは、彼女との気まずい別れ方を思い出し、自分よりも、高校の友だちに連絡したほうがいいのではないかと話した。

もちろん連絡したという。テンポの携帯電話は何度掛けてもつながらない。わたしは次第に不安になり、警察へ連絡したほうが……と言いかけて、それはもう考えておられるだろうし、あえて口にするのは失礼な気がした。

「わかりました。じゃあ、わたしも何人か知り合いに連絡してみます」

きっとそれが相手の一番求めていることだろうと察して、告げた。

電話を切ったあと、すぐにタンシオに連絡した。リスキにも掛けた。二人ともテンポのことは何も知らなかった。事情がわかれば二人にも知らせることを約束して、ともかくテンポ自身の携帯に掛けてみた。

やはり出なかった。メールなら読んでくれる可能性もあるかと思い、テンポ、いま、どこ、おウチの人もみんなも心配してるよ、できたら連絡して、と送信した。携帯をにらむようにして、しばらく待った。返事はなかった。

わたしは、心配のあまり、いま思い出しても呆れるような妄想をふくらませた。テンポは誘拐《ゆうかい》されたのかもしれない。犯人は、作業着姿のノッペラボウたち。やつらが彼女の携帯を見て、煙突の穴のように開いた口をいやらしくゆがめて笑っているところが、頭に浮かんだ。もちろんわたしだって、本気でそんなことを信じたわけじゃないけど、万が一、いや億が一のことを考え、かつてのクラブのメンバーだけがわかる言葉で、メールを打ち直した。

『テンポ、とーな、んま。あんじーよ。いれー、おーせ。』

とーなは長野県の一部で、いま。んまは与那国島《よなぐにじま》で、どこ。あんじーよは群馬の一部で、心配だよ。いれーは鹿児島の喜界島で、返事。おーせは高知で、くださいだった。いま、どこ。心配だよ。返事、ください。

誘拐犯が、半減期百万年って感じのくさい息を吐きながら、縛り上げたテンポに、このメールはどういう意味だ、と聞くところを想像する。彼女がうまい嘘をつき、返事を打ってくれたら、救出に向かえるかもしれないって……。

玄関ドアが開く音がした。弟が帰ってきたらしい。いつのまにか八時を過ぎていた。弟は台所をのぞいたのか、なんだよ晩メシはー、と不満そうな声を発した。

「あ、そうだった……。ごめん、ちょっとうっかりして……」

部屋を出ようとしたとき、メール着信の軽快なメロディが鳴った。取ろうとすると、

「今日のメシの当番、そっちだろ。メールなんか後にしろよっ」

弟のいらだった声に、かっときた。

部屋から顔だけ出して、それどころじゃない、と叫ぼうとする。でも、弟の右目のあたりが青黒く腫《は》れているのを見て、声をのんだ。制服も、土の上を転げ回ったように汚れている。部屋を出て、どうした、とたずねた。

「せえな。ちょっと転んだだけだよ」と、弟が顔をそむける。

「痛い？　目、見えてるの。大事な場所だし、ちゃんと答えて」

「大丈夫だよ。見たくもないブスの顔が、目の前にあらぁ。それより、メシは」

「先に顔を洗いなさい。服も脱《ぬ》いでさ、洗面所に置きっ放しでいいから」

弟がうるさそうにしながらも洗面所へ行ったあいだに、発熱時に使う保冷材《ほれいざい》を

冷凍庫から出し、濡れタオルで包んで、あとを追った。

鏡で傷の具合を確かめていた弟に、冷やして、とタオルを渡す。骨折や失明の心配は、ひとまずなさそうなのを見て取り、

「あのさ……ごはん、ごめんね。いまね、大事な親友が、行方《ゆくえ》不明になっちゃってて、心配なんだよ。で、ずっとメールで連絡取ってんの。ごはん、自分でやってもらえない？」

弟に、最近こんな素直な調子で話せたことはなかった。弟は、言葉の意味をしっかり嚙《か》みわけるように、唇を結んでわたしを見つめ、小さくうなずいた。

「わかった。おれは、平気だから……メール、来たんだろ」

「ありがとう」

わたしは、部屋に戻って、メールを開いた。テンポからだった。

『ワラ、どうして、もうなくなったクラブの言葉を使ったの。よしてよ。つらいよ。』

それだけだった。わたしはすぐに打ち返した。

『テンポ、いまどこ。ひとり？　大丈夫なの。危ない目にあってない？』

事情はわからないが、よして、と書いてあったので方言は使わなかった。返事が来た。

『ひとりだよ。ひとりになりたかったから。ワラ、なんでクラブの言葉を使ったの？』

『テンポにはわかるからだよ。仲間にしかわからないでしょ。何があったの。』

『ワラ……わたしは仲間じゃないよ、もう違う。』

『何言ってんの、仲間だよ。タンシオもリスキも心配してる。どこにいるの。』

『あなたたち……もう包帯を巻いていないの、町に、もう巻かなくなったの？』

『うん。いろいろ問題になって、呼び出しもくってさ、夏休み前にやめた。』

『楽しかったんでしょ。活《い》き活きしてたもんね。バス停に包帯巻いて、タンシオとリスキと、あと男の子二人とで、手話を作って、撮影してるのを見たよ。笑って、次の場所へ走っていったね。』

『なんだ。だったら、声をかけてくれたらよかったのに。』

『かけられるわけない。かけられないよ、あんな別れ方をして。だからさ、代わりに……市役所と警察と教育委員会へ、薄汚れた布を町に巻かれて迷惑だって、ネットカフェからメールした。あなたたちの高校へは、その連中のなかに、二人を見かけたってことも書き送った。』

『どうして。なんで、そんなことしたの。テンポ……どうして。』

『わからない。何をそんなにはしゃいでんの、って、胸がむかむかした。跳ねるように駆け回って、仔犬《こいぬ》がからまり合うように笑って、背中をわいわいぶち合って……ふざけんなって思った。人生を遊ばないでよって、あなたたちの笑顔が憎かった。』

『……ごめんね、あなたを傷つけたなんて、知らなかった。』

返事がなかった。心配になった頃、あふれ出すような長いメールが届いた。

『なんで、あやまんの。ひどいことしたの、わたしじゃない。最低よ。生きてく価値もないよ。そのことに、今日気づいた。

始業式で、わたしは壇上に呼ばれたの。一学期の成績で、学年で男女一人ずつ表彰される。一年のときから、その場に立つのを願ってた。ようやくそれがかなって、わたしは壇上から下にいる生徒たちを見た。そこには……わたしがいっぱいいいた。全員同じ表情で、同じ目をして……。

わかる？　だれか、じゃない。ほかの人たち、でもない。全員、わたしなの。だから、壇上にいるわたしは、下にいるわたしと入れ代わっても、きっと気づかれないし、気にもされない。そんなわたしが、あなたたちが活き活きしてたから、嫉妬《しっと》して、ひどい傷を負わせたんだよ。』

『自分を責めないで。第一、テンポはテンポでしょ、代わりはいないよ。』

『いるのよ、代わりはいっぱいいね。そのことを証明してみせようか。いまから死ぬよ。でも、いい、ワラ、よく見ててね、わたしがいなくなっても、何も変わらないから。世界は少しも変わらない。』

『変わるよ、あなたの家族は大変だよ。子どもが死ぬんだもの、すごく悲しむ。』

『わたしは世界のことを言ってるの、ワラ。わたしが生きている世界のこと。』

『世界って何よ。テンポ、あなたが死んだら、わたしは変わる。タンシオもリスキも、きっと変わるよ。いままでと同じじゃいられない。ってことはさ、わたし、うまく言えないけど……世界も変わるってことじゃないの。わたしが変わるんだから、わたしが生きていくこの町も、この世界も変わっちゃうよ。』

返事がすぐに来ない。わたしは、濡れてきた目尻をぬぐって、つづけて打った。

『ねえ、テンポ、わたしもさ、今日、死ぬこと考えたよ。でも、そのとき、死ぬ理由もあったんだ、ちゃんとね。だから、その理由をひっくり返せたら、死ななくてもいい、ってことになるわけでしょ。違う？　テンポもさ、理由、ひっくり返せない？』

『わからないよ、そんなの……言ってること、わかんないよ、ワラ。』

『わたしたち、やめないよ、包帯巻くよ。だったら、どう。あなたがしたことで、わたしたちは傷ついてないとしたら。逆に、強くなったんだとしたら、どう。テンポがしたことは、自分が傷ついていたからだと思うよ。その傷にも巻いてくる。壇上から見たとき、いっぱいいたっていうテンポと似てる人たちも、やっぱり何かの傷は受けてると思う。だって、その人たちは、わたしでもあるんだよ。大勢のわたしでもあるんだよ。その人たちの傷にも巻く。

いまどこにいるかわかんないけど、見てよ。町のなか、見ててよ。みんなの傷に手当てしてくるから。いい、あとで連絡するから。絶対だよ。』

わたしは、送信して、すぐにタンシオとリスキ、ギモに連絡し、ディノにも電話した。

「どうしたんだ急に。ははん、おれの肌が恋しくなったのか」と、ディノが言う。

「そうだよ。だからすぐに来て。ほかの女はほっといて、包帯を持って会いにきて」

わたしは、絶句している様子の相手に、待ち合わせの場所だけを告げた。

外出の用意をし、以前買い込んだ包帯を入れっ放しにしていたリュックを持ち、部屋を出た。弟が、傷を冷やしながら、冷凍の焼きそばを温めて食べている。

「いたの？」と、弟が真情のこもった声でたずねてきた。

「いた。でも、まだわかんない。いまから捜しにいく。お母さんが先に帰ってきて、聞かれたら……」

「ああ、うまく言っとく。姉貴も、気をつけろよ」

おう、ばか弟、成長したじゃんか。だれと喧嘩したかわからないけど、ちょっと安心した。バイト代が出たら、おこづかいをあげよう……でも、エロ雑誌を買いそうだな。

ともかく、ありがとう、と彼に伝え、自転車に飛び乗り、神社の境内へ急いだ。

17　爽風《そうふう》

タンシオ、リスキ、ギモはもう集まっていた。

わたしは、テンポとのやりとりを話し、いまから町へ出て、いろんな人の、いろんな傷のために、包帯を巻いて回りたいと告げた。

少し遅れてきたディノが、みんながそろっているのを見て、

「なんだ、そういうことかよ。せっかく自販機で、あれを買ってきたのにっ」

と、くやしげに月を見上げて吠《ほ》えた。

三人はわけがわからない顔をしていたが、わたしは無視を決め込み、こういうやつほど長生きすんだろうな、と、ため息をついた。

まずは神社から始めることにした。せっかくお願いしたのに、想いがかなわずに悲しんだ人もいると思い、絵馬を奉納《ほうのう》する場所に包帯の端を巻き、風に吹かれて揺れているところを携帯で写して、テンポに送信した。

神社のすぐ裏手には、わたしたちが生まれるずっと昔、この国にも戦争があっ

た頃、空から次々と落ちてくる爆弾とか、何でも焼きつくすらしい焼夷弾《しょういだん》とかから、少しでも身を守ろうとして掘られた防空壕《ぼうくうごう》の遺跡がある。いまはほとんど訪れる人もないけど、保存のために遺跡の入り口前に置かれた木の柵にも巻いた。大勢の人が亡くなり、さらに大勢の人が心に傷を負ったはずだから。

駅のほうへ下って、シャッター通りと化した商店街に入る。錆ついた街灯に、閉店した洋品店の前に残されたサボテンの鉢《はち》に、電灯をおおうプラスチックが割れたスナックの看板に、タイヤを盗《ぬす》まれて放置された自転車に、包帯を巻いた。路地の奥にある小さな居酒屋から、鼻の赤いおじさんが出てきて、何してんの、と訊かれた。傷ついている場所に巻いてるんです、と包帯を見せると、おれも傷ついてるよぉ、と答えたので、胸に巻いてあげた。

南地区へ走り、卒業した中学校の門にふたたび巻いた。そのあと、食中毒の起きた保育園、遊具事故の起きた幼稚園、ひったくりの出た通りの杉並木、自分たちの絵が勝手に審査された美術館、人がおぼれたり突き落とされたりしただろう市営プール、詐欺《さぎ》まがいの圧力鍋《あつりょくなべ》が売られた旧公民館には、実際にお母さんがだまされたというタンシオが、その玄関の柱に巻いた。

中央地区は多くの店が開いていて、まだ人通りも多く、五人だと目立つため、タンシオ、リスキ、ギモの三人と、わたしとディノの組とに分かれ、それぞれで巻くことになった。

ディノと組むのはいやだったのに、やつを抑《おさ》えられるのはわたしだけだからと、まるで猛獣使いみたいな言い回しで、三人に説得された。

タンシオたちは、リバーサイド区へ回り、テンポのマンションにも巻いて、彼女の自宅の様子をうかがうという。

わたしとディノは、しばらく周辺を回ったあと西地区へ抜けて、めぼしい場所に包帯を巻いたのち、鬼栖川沿いの桜公園で全員が集まる手はずとなった。

「ワラ、ワラちゃん、ほら、せっかく自販機で買ってきたんだしさ、ひとつだけ使ってみない？　試し打ちってことでさ」

くだらないことばかりしゃべるエロ助を、どついたり、耳を引っ張ったりしながら、古びた公衆電話ボックス、こわれたバス停脇のベンチ、汚れたポスト、曲がった交通標識に、包帯を巻いた。点字ブロックをおおった自転車をどかし、そのそばの住居表示板にも巻いた。

ふと、おなかがすいて夕食がまだだったのを思い出し、ディノがはらへったー、と訴えたのを幸い、通りかかったコンビニで、適当に何か買おうとした。

店内に入ろうとして、バイト先の工場を退職に追い込まれた主任さんが、レジを打っているのに気がついた。ディノにサンドイッチを買ってきてもらうあいだ、包帯をリボンのように折っていき、店に入って、びっくりしている主任さんに、「ドンマイです」と、包帯で作った蝶のコサージュを渡した。

鬼栖川にかかる久遠大橋のたもとで、夜メシをぱくつく。恋人みたいじゃん、とディノが笑うので、この橋を二人で渡ると別れるんだって、と笑い返す。

何組かの恋人がここで別れたため、いつのまにか恋人と別れたい人や離婚したい人が、相手を呼び出したり、手を合わせて祈ったりする、別れの聖地となった橋の欄干《らんかん》に包帯を巻き、西地区に入って、住宅地に近づいてゆく。

「おれを抑えられるのはワラだけなんだろ、頼むから上から押さえて～」

などと、うるさかったディノが急に静かになった。

彼と最初に町を回ったときのことを思い出す。

葬儀に参列するような黒いスーツに黒のネクタイをしめた彼は、住宅地内のT

字路で止まったまま、右へ曲がろうかどうか迷っていた。どうしたのかと、たずねるわたしに、ディノは、「きみたちは、違うの……あれは、きみたちには、何も関係しなかったの」と、重々しい声でつぶやいた。

同じT字路の手前で、ディノはまた自転車を止めた。やはり何かに迷っている。

わたしは思い切って彼を追い越し、右に曲がって、彼が見つめていた道の先へ入っていった。ほどなく、ペダルをこぐ音が背後から追いかけてきた。

「待てよ、どこへ行く気だよ」と、ディノのかすれた声がする。

「この先にあるんでしょ。包帯を巻かなきゃいけない場所があるんだよね」

わたしは彼を振り返った。ディノの険しい目と、わたしの視線が一瞬からんだ。

「包帯なんて……効かない。いまさら手当てなんて、できないものなんだ」

ディノは、つらく吐き出すように言って、それでもわたしの前へ出て走った。

着いたのは、住宅地のなかの、空き家らしい一軒家だった。

ディノは自転車を降り、遠くの街灯の光を受けて、ぼうっと幻想的に浮かんで見える、造り自体はべつに変わったところのない家の前に進んだ。

わたしは彼の斜め後ろに立った。話しだすまで、いつまでも待つ気でいた。

「きみは、覚えてないのかな……五年前だから、まだ小学生だったたし。たいていの人はもう忘れてる。少なくとも、何もなかったような顔をして暮らしてる」

彼は、固く閉ざされた鉄の扉に手を置いて、灯のない家を見つめた。

「ここには、親友が住んでたんだ。おれのことを、ディノって名付けたやつだよ。絵を描《か》くのがめっちゃうまくてさ、将来は漫画家で億万長者になれって、しつこいくらいおれは言ってた。そのたびやつは、無理だよぉって笑ってた。いつもにこにこ笑ってて、怒ったことが一度もなくて、ばかにされたり、オモチャを取られたりしても、よせよぉって笑ってた。そいつが……ここで、友だちを刺《さ》した」

あ、って思い出した。

その事件のことなら、かすかにだけど覚えている。五年生のときだ。ひとつ年上の男子が、同級生をナイフで刺して、当時はちょっとした騒《さわ》ぎになった。

「被害者も、親友だった。おれたちは、いつも三人でつるんで、周りからも三バカトリオって呼ばれるくらい、仲が良くて、何をするにも一緒だった。なのに、その三人のうちの一人が、もう一人を刺したんだ……。

おれはわけがわからなかった。絶対ほかに犯人がいる、あいつは無実だって、家でも学校でも、事情を聞かれた警官へも言い張った。自分がやった、と、あいつが告白していると聞かされて、全身の力が抜けた。じゃあ、理由はなんだ。どうしてあんなことをした。だれより仲の良かった親友に、なんでだよ。その一番大事なことは、聞かせてもらえなかった。あいつが話さないらしい……。

運よくって言えるのか、刺された友だちは、一命を取りとめた。でも障害が残った。病院に一度見舞いにいったけど、何も話せなくて、気まずさばかりがふくらんで……いまも、家族に介護されながら家で生活してるのを知ってて、会いにいけない。会うのがつらいんだ。あの日、おれもこの家に遊びにくるはずだった。ばあちゃんが倒れて、行けなくなって、そのあいだに事件が起きた。だから、事件を止められたのかもしれない。でも……思うんだ。おれが刺された可能性もあったんじゃないかって。むしろ友だちは、おれの身代わりになった可能性のほうが高いんだ。おれのほうが、ヘラヘラすんなって、あいつをよくからかってたんだから。けど、何も答えをもらえないまま、あいつは遠い施設へ送られた」

わたしには初耳のことばかりだった。事件はショッキングな出来事として騒ぎになり、テレビで報道され、わたしたちの学校でも保護者会が開かれ、カウンセラーという人も来た。でも、被害者が亡くならなかったこともあり、テレビも新聞も数日で報道しなくなり、町でも騒ぎは一カ月とつづかなかった気がする。

「おれは、勉強に打ち込んだ。逃げ場がそこしかなかったんだ。将来、心理学者になって、やつに真相を聞きたいって想いもあった。でも、高校に入学して、目先の目標が消えたからかな、やっぱりいますぐ聞きたいと思った。なぜ刺したのか、おれが被害者になる可能性もあったのか……。

あいつの家は引っ越したけど、彼の伯父さんと、うちの父親が古い知り合いでさ、手紙を渡してもらおうと思った。ひとまず両親には渡すって、その、あいつの伯父さんに約束してもらえて、おれは十枚くらいの長い手紙を書いた。そして、二カ月が経ち……返事が来た。住所も名前も書いてなかったけど、あいつだとわかった。封筒《ふうとう》には便箋《びんせん》が一枚きり。書いてあったのは……

『ごめん。わからないよ。きみでなく彼だった理由はないけど、きみである理由もなかった。あの頃、ぼくはいつも泣いてた、いつも腹を立ててた、いつも苦しみにもだえてた。なのに、彼は楽しそうに笑ってた、きみと楽しそうにしていた。あの日も、きみを待つあいだ、彼はやっぱり笑ってた。ぼくが思い切って、死にたい、とつぶやくと、彼は聞こえなかったふりをして、ゲームを笑いながらつづけた。気がつくと、ひどいことをしてた。……ごめん。彼に、ごめん。きみにも、ごめん。でも、取り返しはつかない。もう手紙は書かないで。さよなら。』

……嘘だろ、だって、いつもにこにこ笑ってたのは、おまえじゃないか。泣いてた？　腹を立ててた？　苦しんでた？　だったらおれは何を見てた。親友だと思ってた相手の、いつも一緒にいた仲間の、おれは何を知ってたと言うんだ」

ディノは、鉄の扉にからだを預けて、崩れるようにしゃがみ込んだ。

しばらく彼は同じ姿勢のまま動かなかった。ふるえている彼の背中を見つめるうち、わたしの胸のふるえと、ひとつに重なり合うように思えた。

彼が一年前から急に、つらい環境に置かれている人たちの、本当の想いを少しでも知ろうとして、奇妙な行動をとりはじめたのも、このことが原因なんだろう。

わたしは、彼の背中に手を置いて、巻こう、と言った。

「何にもならないのはわかるよ。何にもならないことの証《あかし》としてでも、巻いていこうよ」

ディノは、うつむいて長く考えているようだったが、やがて立ち上がり、鉄の扉を飛び越えて、その家の、かつて彼が何度も握り、来たよぉ、とか、遊ぼうぜ、って、友だちに呼びかけただろう、ドアの取手に包帯を巻いた。

そのあとわたしたちは自転車に戻り、障害が残って、いまもベッドの上だけで生活しているという、ディノの友だちの家へ向かった。ご両親と弟さんとで暮らしているという家は、暖かそうな灯がともっていた。

わたしはあの当時、命を大切にしなさい、友だちを大事にしなさい、学校生活に励みなさい、と大人たちから言われ、自分でもそうしようと思った。その後、親の離婚があり、自分なりに大変なこともつづいて、事件は遠い過去となった。でも、同じ町のなかには、つらくて理不尽《りふじん》な重荷をかかえて生きつづけている人がいる。いまも重い傷に苦しんでいる。その人たちのために、自分が何かができるだなんて安易なことは言えないけれど、だからって、何も考えずに生きていけばいいとも、もう思えなかった。

何もできないけれど、できないことを、わたしたちなりにかかえて生きることの証として、わたしのこしらえた包帯の花飾りを、ディノが、その家の庭から道路へ向かって伸びている赤い薔薇《ばら》のつるに結びつけた。

結んだあと、彼が驚いた顔で振り返った。

「……さっきまで、そうでもなかったのに、いきなり薔薇が匂ってきた」

わたしは、背後の家の灯を受けて赤褐色《せきかっしょく》に照り輝く、薔薇の花に歩み寄った。甘くて、でも胸の底がせつなさに熱く湿る、花がもし夜に泣くのなら、その涙の香りはきっとこうだろうと思われる、深みのある濃い匂いがわたしを満たした。いつかわたしは、何かの拍子で鼻先をかすめていった風のなかに、

「ああ、これは、泣く薔薇の匂いだ」

と思い出し、だれかにその秘密をささやくことがあるだろうか。

ディノは、この家の友だちを、近いうちにちゃんと訪ねてみる、と言った。

薔薇のつるに巻いた包帯の写真をテンポに送って、夜をせつない涙色に染めてゆく香りに、なおしばらく包まれているとき、返信メールが届いた。

『見たよ。町のなかに、いくつもの傷と、いくつもの手当てをされたあと。』

わたしは、みんなと待ち合わせている公園に、彼女を誘った。

十五分ほどで着き、自転車を降りて、人けのない広々とした空間を見渡す。かすかに鎖がふれ合う音が耳に届いた。以前に包帯を巻いたブランコのところに、

鎖を支えのように握って、頼りなげに立っている、背の高い影が見えた。

ディノは気をつかってだろう、公園の入り口で足を止めた。

わたしは、自転車を置いて、園内に歩みを進め、遠くの外灯の光に浮かび上がっている制服姿のテンポの前に立った。背の高さがかえって不安定に見える。

「ワラ、わたし……」

彼女が声をつまらせた。抱きしめようとしたけど、それもなんだか照れくさく、

「あんたがナキになって、どうすんのよ。よし、包帯を巻いてしんぜよう」

と、リュックのなかに手を入れた。だけど、包帯はもう巻き尽くしてしまって、ひとつも残っていなかった。

すると、目の前に包帯のワンロールが差し出された。

「……買ってきた」

と、テンポが目もとをぬぐって笑った。

自転車のベルの音が聞こえた。振り返ると、ディノがこちらを見て、背後を指さしている。タンシオとリスキとギモの三人が走ってくるところだった。

このとき思ったことだけど……。

甘いなりに多くの傷を受けながら、それでも生きることを引き受けるなら、自分のためだけでなく、それがだれかのためでもあるのなら、自分たちが最もほしくて、でも、本当にあるのかどうか、ずっと疑っていた、口にするのも恥ずかしい、例のアレが……そう、両親が離婚したとき、結局そんなもん存在しないんだと思い、んなもんなくても普通に生きていけるよって、強がってたアレが……そこには存在しているってことに、なるんじゃないだろうか。

わたしたちは、公園のなかを跳ね回り、お互いのからだに包帯を巻いた。川の対岸でまだ操業中の精密機器工場の、窓から洩《も》れるまばゆい光をスポットライトのように受け、わたしたちは包帯をヴェールのようにまとって舞った。

翌朝早く、まだだれも起きないうちに起きたつもりが、台所で音がしていた。部屋を出てのぞくと、昨夜帰ったときは居間のソファベッドでぐっすり寝入っていた母が、もう仕事着で、立ったまま栄養ゼリーを飲んでいる。

「朝ごはん、それだけなの」と、わたしはびっくりしてたずねた。

「あ、おはよう。朝のシフトが三十分早くなっちゃったのよ。またお弁当作ってあげられなくて、ごめんね。あと、今日も遅くなるから。待たずに寝てて」

母は、目の下のくまに皺を寄せ、ばつが悪そうに笑って、玄関へ急いだ。

昨夜、というか、もう今日に日付は変わっていたけど、まだ起きていた弟に聞くと、母はわたしの不在にも気づかず、帰ってくるなり、疲れきった様子で、ベッドに倒れ込んだという。

いたたまれなくなって玄関へ走り、閉まったばかりのドアを開けた。夏と秋のあわいの、ほどよく湿った涼風《りょうふう》が頬にふれる。

パンプスのかかとを直しながら先へ急ごうとしていた母が振り返った。なに、と目で訊く。ほつれた髪に白いものが光っている。

「お母さん……あのさ……あれだよ。無理、しないでよ。いろいろ、焦んないで」

思わず口をついた言葉を、母はあっけにとられた顔で受けとめ、次の瞬間、見開いた目がうるんだ。ナキは、遺伝だったのか……。

母は、あわてて目がしらを押さえ、照れくさそうに頬をあからめた。

「ありがとう。あなたもいろいろ大変だと思うけど、よろしくね。じゃあ、行ってくる」

彼女は、パンプスにまだ苦労しながら、エレベーター・ホールへ向かった。

お母さん、それ、足がむくんでもう合わないんだよ、バイト代出たら、買ったげるよ。

弟が起きるのには時間が早いため、彼の制服の汚れを拭き、朝食の準備もしておいてから、家を出た。

人がまださほど出ていないだろう町を、自転車で回ってみる。

いたるところで包帯が、巻いたときのまま、白々と朝日を受けて輝いていた。

ほんのちょっとした、目立たない手当てだけれど、わたしの目には、町が小さく息をつき、肩の力を抜いて、おだやかに空を見上げているように映った。

太陽に温められた風が、鼻先をかすめて流れてゆく。

仲間たちが笑ったときの、あたたかい息づかいの匂いがした。

【あとがきに代えて――テンポ報告】

ワラの報告がひと段落ついたところで、あとがき代わりの言葉を送ってもらえないかと、タンシオから言われました。各地にいるクラブのみなさん、お元気ですか。本橋阿花里、独身だけど、結婚しても別姓を貫くつもりの、テンポです。

クラブの始まりから語られるなら、わたしはきっと悪役ですね。でも、あのことがあって、結束が固くなったのだから、いまでは人にクラブの成り立ちを聞かれたときは、「わたしがいたからこそなんだよ」と、堂々と主張しております。ハハハ。

さて、ディノのことですが、彼はいま、わたしの前で眠っています。

もちろん彼と友人以上の関係はありません。わたしなど手に負えない、ある人物以外は制御《せいぎょ》できない人でしょう？（そう、その人物は猛獣使いです。）

いま国際司法支援活動の一環で、日弁連からの派遣《はけん》でファイザバードにいます。ホテルで、日本の有名な映像ジャーナリストが近くの病院に入院中と聞き、名前をたずねると、ディノでした。彼は、隣国での少数民族弾圧《だんあつ》の現場を取材中、何者かに襲《おそ》われたのです。でも逃げ足が早くて、銃弾《じゅうだん》にお尻の肉を持っていかれただけですんだようです。

彼がうなされてつぶやいた言葉を、ここにそのまま伝えます。タンシオ、絶対に消去しないようにね。みなさん、また会いましょう。では、ディノのうわ言です。

『ワラ、もういっぺん、やり直せないかな……たのむよ、ワラ……』

ワラです。これは本文と関係ありません。シオへの、個人的な私信です。

その前に申し上げておかなければいけませんが、本文中、方言が出てきます。わたしはもう使わなくなってずいぶん経つので、『標準語引き　日本方言辞典』(監修《かんしゅう》・佐藤亮一《さとうりょういち》、編集・小学館辞典編集部／小学館)を、参考にさせていただきました。深く感謝申し上げます。

では、以下は、シオへの私信ですので、彼女のほうで読後、削除《さくじょ》を願います。

こら、タンシオ。あんたさ、なんでもかんでも載せてんじゃないよ。叔父さんの最後のほうの言葉とか、テンポの最後の言葉、関係ないでしょ。消しなさいよ。あとさ、テンポに連絡して、その病院……いや、彼女のホテルの場所を教えてもらってくれる。ここからならたぶん五時間くらいで飛べるはずだから。べつに行く気ないよ。知りたいだけ。ただ、できるだけ早く教えてもらって。じゃあ、あんたも元気でね。みんなにもよろしく。有機野菜もキムチも食べたいけど、演歌調のバラードだけは二度と聴きたくないって言っといて。

ワラ

【文庫になるんですよ、ディノさん――キョンスケ報告】

このたび、巻末《かんまつ》において一文を記すにあたり勘考《かんこう》しますに……という書き出しの堅《かた》いことは、わたくし〈以下、甲と称する〉重々理解しております。けれど甲は、トランスペアレント、インフォーマル、かつファミリアな文章が、アキュペイショナル・ウィークポイントであり、トライフリングな言葉を駆使《くし》し、読まれる方〈以下、乙と称する〉に、受容されやすい表現をとることに、ヘズィテイションを感じざるを得ません。

……て、うざいでしょ。うざいっすよね。すみません、こんな表現、全然柄《がら》じゃないんですけど、自分のいまの立場も、少し伝えておきたくなったものですから。

この、カタカナ英語だらけの文章の意味、理解できましたか。「わかりやすく、くだけた感じで、親しみやすい文章が、私は職業柄、苦手で、軽い言葉も使って、読みやすい表現をすることに、ためらいを感じます」……ってくらいの意味です。自分がいまいる社会・組織においては、こうした文章のほうが、雰囲気で、ま、そんな感じだろって通りがよかったりするのです。これも、ある種の方言と言えるかもしれません。

自己紹介が遅れました。初めまして……ではないんです。もうお会いしています。騎馬競介《きばきようすけ》と言います。笑美子、つまり、ワラの弟です。

ディノさんと初めて会ったとき、キョンスケ、と呼ばれ、ほかの人たちのあいだでも通り名となりました。ただし、おれは包帯クラブのメンバーではありません。わけあって距離を置いています。そのほうが、互いによいと思ってのことです。

紆余曲折《うよきょくせつ》あって、おれは、公的機関のなかで生きることを決意しました。どうにか通過点である第一目標をかなえ、いま霞《かすみ》が関《せき》で働いています。省内の各部署に回す報告書や、対外的な文書の下書きなどを、積極的に申し出て担当し、堅苦しいわりに、内容はどうとでも取れるような、たとえ批判が来ても、するりとかわせる言葉づかい……つまり人を「ケムに巻く」言葉に、日々どっぷりつかっています。

この世界には、「包帯を巻く」に対して、「ケムに巻く」が慣例《かんれい》となっている組織・場所は厳然と存在しており、ディノさんは毛嫌いしてるけど、おれは、そうした社会に慣れないと、本当にやりたいことがやれない、と思っているので、いまは耐えて、虎穴《こけつ》に入《い》らずんば虎子《こじ》を得ず、の心境でいます(ディノさんに、このコトワザを話したら、オケツに？　と変な顔で聞き返されて、それ以上の説明はやめました)。

とはいえ、おれがいまの進路を選んだことの、もともとの動機をさぐっていけば、クラブの活動と関係があるのは間違いありません。

中三だったあの頃、わりと早い時期に、町のあちこちに包帯が巻かれているのに気づきました。まさか姉貴たちの仕業《しわざ》とは思いもよらず、友人がサイトを見つけて、大体の事情はわかったけれど、包帯を巻くくらいで何が変わんの、どうこう言っても自己満足だろ……って、まさにテンポさんが、彼女のマンションで姉貴たちに言ったのと、そっくり同じことを考えました。どうせすぐに消滅さ、とも思ってました。

いや実際、消滅しかかったみたいだけど、危機はあのときだけじゃなく、その後も何度も解散の危機に陥《おちい》り、そのつど持ち直して、いつのまにか世界的に広がっているのは、驚きでもあるし……どこでも、誰でも、人はきっと何かしらの傷を受け、そのことをほかの人に認めてもらいたいと、普遍的に願っている、ってことなんだろうと思います。

一方で、ある種の傷の手当のためには、現実の枠組みを変える行動……たとえば、法律を新たに作るとか、政治や外交から取り組まないと間に合わない、ということも多々あると、おれは経験上思っていて、だからこそ、現在の進路を選んだわけです。

いま北京に来てます。元首相率いる非公式の外交団に通訳として加わっています。相手側の通訳は、姉貴の報告書の最後のほうで語られる、おれと喧嘩《けんか》をした男です（報告書には登場しませんが、中国からの転校生で、同じクラス、喧嘩の理由は女の子の取り合いでした）。二人ともまだ下っ端ですが、互いの国がそれぞれの立場や痛みを理解して、手をつなぎ合う方向へ進んでいけるよう、ともに力を尽くそうと話しています。

そして、少しでも目に見える成果を上げられたら、きっとまたミンジョンを迎えにいくつもりです（ミンジョンは、ユンさんの妹で、地下通路で制服を切られた子です）。

おれたちの別れには、表面的な価値観の行き違いだけでなく、その底で、両者の文化や歴史の溝《みぞ》が関係しているのは明らかで、なんとかそれを、越える、というより、認めて、なお、つながり合いたい、と、彼女を失っていまさらながら強く願っています。

すみません……ちょっと話がそれました。

包帯クラブに関する姉貴の途中報告書は、当時筑摩書房に在籍されていた松田哲夫さんの尽力で、ちくまプリマー新書として刊行されました。少し前ですが、出版社に送られてきた読者の声を、タンシオさんを通じて見せてもらい、正直びっくりしました。

学校へ行きづらいと思っていた子が、クラブの報告書を読んで、気持ちが楽になり、また学校へ通うようになった、って声。死を考えるほど思いつめてた人が、これは傷ついてるからなんだと理解して、思い直せた、とか、救われた、って声……。

とても多くの人が、姉貴やディノさんたちの活動に共感し、さらには感謝までしてくれています。すげーじゃん、って、姉貴のことを（不覚にも）見直しました。直接は照れるので、タンシオさんに感想を伝えたら、彼女は顔の前でさえぎるように手を振り、「うちらじゃないよ。みんな、自分自身のなかに、自分を励ましたり、救ったりする力をもってんだよ。うちらはただ、きっかけになっただけでさ」って言ってました。

読者からの反響のおかげでしょう、今度姉貴の報告書は、装いも新たに文庫化して、あらためて多くの人に手にとってもらおうという企画が持ち上がったそうです。

前に出版されたとき、ディノさんは、こんなの嘘ばっかだぜ、と言ってました。「おれが、ワラに迫ったように書かれてるけど、全部逆だよ。ワラが、おれにメロメロで、唇を突き出してくるのを、どうどう、って、なだめてたんだぜ」って、ことです。その後、ギモさんのところに、赤字の訂正がめっちゃ入った本が送られてきて、ほとんどがディノさんに都合のいい話だったけど、別の場所にも少し筆が入っていて、映像ジャーナリストらしく、イメージの伝え方が、より鮮明になっていたそうです。

で、ギモさんとタンシオさんが、おれを呼び出し、文庫化にあたって、ディノさんの加筆したイメージを活かし、きちんと整理してくれないか、と持ちかけてきました。

「キョンスケは、おおやけに向けた文章を書き慣れてるから」だなんて。

いやいや、おれが日頃書いてるのは、冒頭の文章みたいなやつだから、と答えても、彼らは譲りません。姉貴もテンポさんもいま海外が拠点で、ほかに適任者がいないと言われ、筑摩書房からも、編集の吉澤麻衣子さんと、フリーになられた松田さんが来られて、ぜひ、と仰るので……仕方なく、おれが今回は最終的に文章を整えました。

ただし、もともとの報告書の体裁や事実には一切手を加えていません。ディノさんのイメージを活かすのと同時に、おれなりに考えたのは、読者から送られてきた言葉をちゃんと読み込み、読者の声を反映したものになるように、と努めることでした。

姉貴に許可を求めたら、読者との対話になる方向性なら賛成、とメールが来ました。

そして、おれなりにもう一つ希望があり、表紙の絵を、五十嵐大介さんにお願いできないかと、筑摩さんに頼みました。『海獣の子供』をはじめ、五十嵐さんの絵の大ファンなんです。自分も直接お会いしてお願いしました。五十嵐さんは、快く引き受けてくださり、おれはつい調子に乗って、本文内にも一枚描いていただけないかと申し出たら、なんと、二枚も描いてくださいました。五十嵐さんには心から感謝しています。

やはり、人とは直接会って、話してみるもんです。会って話さないとわからないことって、あると思います。離れた場所で、牽制《けんせい》し合って、角突き合わせて、互いの悪口を言い合って、ついには……なんて、それで誰が得するんでしょうか。

だから、ディノさんも、姉貴から逃げずに、ちゃんと向き合って、話してください。ディノさんが家族になったら、迷惑千万、戦々恐々、ずっとします。……けど、ディノさんのほかのだれも、もうアニキとは呼べない、いや、呼びたくないんで。

じゃあ、読まれている皆さん、さようなら。また何かのおりにお会いしましょう。え、報告書の続編、ですか?……ですよね、途中報告書ですもんね、文庫化だけでケムに巻かず、新たな包帯を巻く姿を見せるよう、メンバーたちをせっついときます。

では、以上、ワラブラザー・キョンスケでした。

本書は二〇〇六年二月小社から刊行された『包帯クラブ』（ちくまプリマー新書）に大幅加筆をしたものです。

ちくま文庫

包帯《ほうたい》クラブ

二〇一三年六月十日　第一刷発行
二〇二二年三月十日　第二刷発行

著者　天童荒太（てんどう・あらた）
発行者　喜入冬子
発行所　株式会社 筑摩書房
東京都台東区蔵前二―五―三　〒一一一―八七五五
電話番号　〇三―五六八七―二六〇一（代表）
装幀者　安野光雅
印刷所　中央精版印刷株式会社
製本所　中央精版印刷株式会社

ISBN978-4-480-43015-1 C0193